KB268009

無敵君臨
무적군림

임영기 新무협 판타지 소설

무적군림 8

임영기 新무협 판타지 소설

초판 1쇄 찍은 날 § 2011년 11월 1일
초판 1쇄 펴낸 날 § 2011년 11월 8일

지은이 § 임영기
펴낸이 § 서경석

편집부장 § 권태완
편집 § 주소영

펴낸곳 § 도서출판 청어람
등록번호 § 제1081-1-89호
등록일자 § 1999. 5. 31
어람번호 § 제2-2172호

주소 § 경기도 부천시 원미구 심곡2동 163-2 서경B/D 3F (우) 420-822
전화 § 032-656-4452 팩스 § 032-656-4453
http://www.chungeoram.com
E-mail § chungeoram@chungeoram.com

ISBN 978-89-251-2672-2 04810
ISBN 978-89-251-2556-5 (세트)

임영기 新무협 판타지 소설

FANTASTIC ORIENTAL HEROES

無敵君臨

무적군림

8

악마(惡魔)

도서출판 청어람

제81장	환우천제 화명군	7
제82장	활을 가진 자	33
제83장	구사일생	57
제84장	사랑의 그림자	83
제85장	눈물 속에 피는 꽃	109
제86장	단유천을 제압하다	135
제87장	최악의 패배	159
제88장	빛나는 우정	187
제89장	무령왕가의 변고	211
제90장	친구여	237
제91장	끝없는 감동	261
제92장	협력, 그리고 배신	287

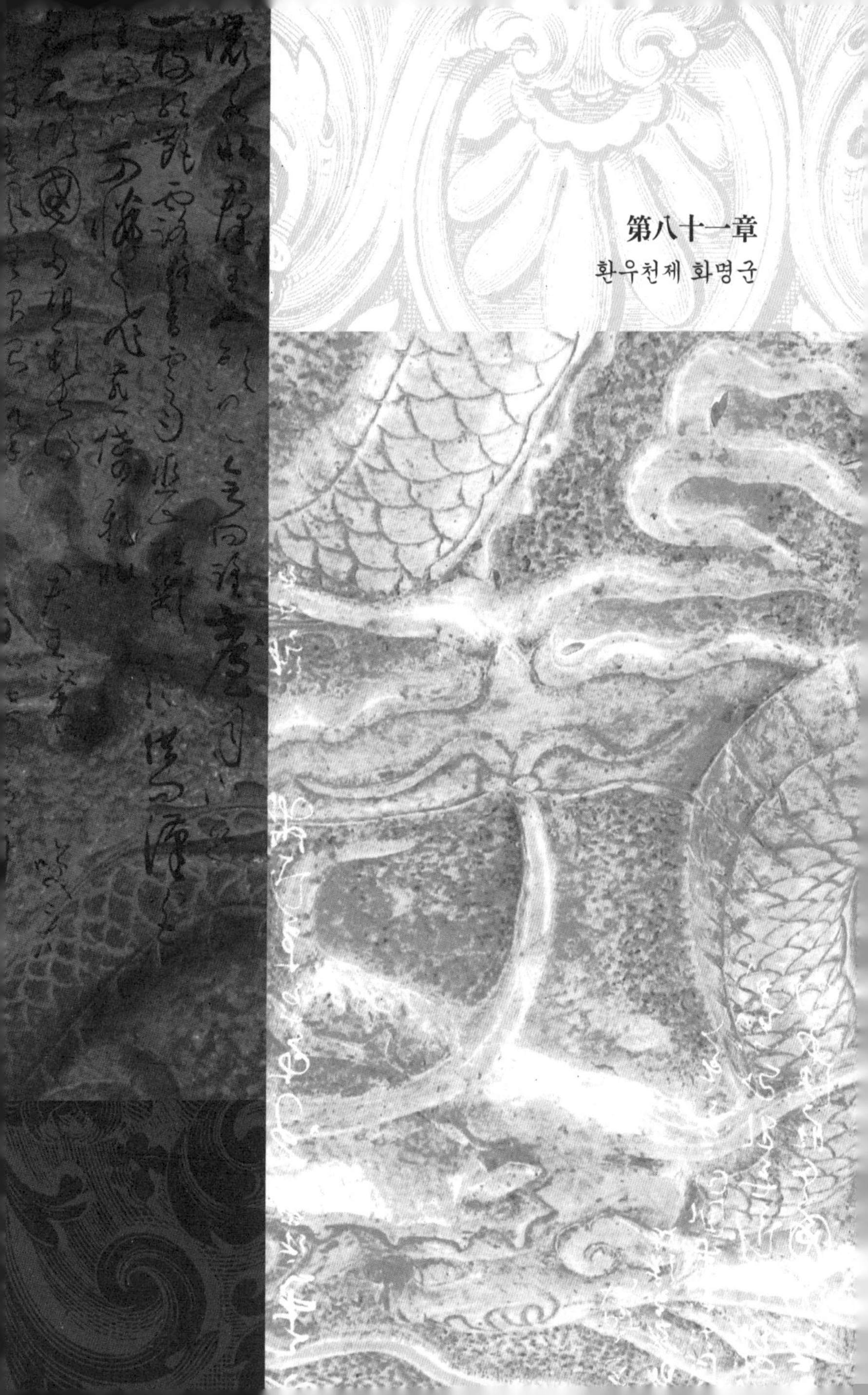

第八十一章

환우천제 화명군

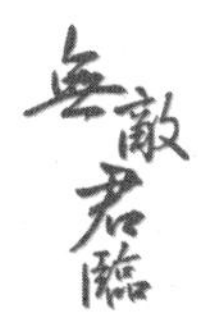

남경성 내의 번화한 거리를 한 여자가 걸어가고 있다.

그녀는 천하절색의 미모를 지닌 데다 최고급의 화려한 비단옷을 입었으며 보석으로 치장을 하고 있어서 마치 월궁항아가 지상에 내려온 듯했다.

그런데 그녀가 가는 곳마다 거리에서는 작은 소란이 일어나고 있었다.

그녀를 보려는 행인들이 주위에 장사진을 이루어 거리가 뒤죽박죽이 돼버린 것이다. 물론 구경꾼 중에는 남자들이 압도적으로 많았다.

하지만 감히 그녀를 막아서는 사람, 아니, 사내는 한 명도 없었다.

웬만큼 예뻐야지 어떻게 해볼 생각이라도 날 텐데, 이 여자는 너무 아름다워서 사내들은 지레 겁을 먹고 말을 거는 것조차 엄두가 나지 않는 듯했다.

그녀는 벌써 사흘째 남경성 내의 거리 곳곳을 돌아다니고 있는 중이다.

그렇다고 해서 특이한 일은 하지 않는다. 그저 남경성 내를 유람하듯이 돌아다니면서 고급 주루에서 식사를 하고, 유명한 다루에서 차를 마시는가 하면, 명승지를 구경하고는 해질 녘이면 묵고 있는 객잔으로 돌아간다.

불과 사흘 만에 남경성 내에는 그녀를 추종하는 무리까지 생겨났다.

그들은 하루 종일 따르면서 그녀의 일거수일투족을 지켜보았다.

그들은 그것만으로 만족하면서 자기들끼리 그녀에 대해서 무수한 추측들을 만들어냈다.

추종자들은 그녀를 선우미인(仙尤美人)이라고 불렀다. 그녀가 인간이 아니고 하늘에서 내려온 선녀일 것이라는 뜻에서 그런 아호를 붙였다.

청화루(淸華樓)는 남경에서 가장 크고 유명한 객잔이다. 선우미인은 지난 이틀 동안 이곳에서 묵었고, 사흘째인 오늘도 땅거미가 질 무렵 어김없이 이곳으로 찾아들었다.

그녀의 추종자들은 청화루 안까지 그녀를 따라 들어오지는 못했다.

청화루의 호위무사들이 입구를 봉쇄했기 때문이다. 원래 그런 경우는 없었는데, 선우미인이 청화루에 묵으면서부터 그녀를 보호하는 차원에서 일시적으로 취해진 일이다.

청화루는 술시(戌時:저녁 8시)가 되면 대부분의 점소이들이나 숙수들이 일을 마치고 퇴근을 하고, 객잔에 투숙한 손님들을 시중들기 위한 최소한의 인원만 남는다.

오늘도 술시가 조금 지나자 청화루의 점소이와 숙수들이 뒷문을 통해서 골목으로 한꺼번에 쏟아져 나왔다.

청화루는 객잔과 주루를 함께 운영하기 때문에 점소이와 숙수의 수가 백여 명에 달했다.

그들 중에서 구십여 명이 정확하게 술시가 되자 우르르 몰려나온 것이다.

그들은 골목을 통해서 청화루 앞 대로로 나온 후에 행인들에 섞여 대로 양쪽으로 삼삼오오 짝을 지어 몰려가다가 차츰 뿔뿔이 흩어졌다.

그중 한 여자가 무리에서 떨어져 나와 혼자 걸어가고 있다.

그녀는 허름한 옷차림에 머리에는 낡은 수건을 썼으며 두 손으로 품에 하나의 작은 보따리를 안고 있다.

청화루의 숙수나 하녀들은 그날 남은 요리들을 각기 조금씩 싸서 집으로 갖고 가는데 이 여자가 갖고 있는 보따리에도 남은 요리가 들어 있는 듯했다.

"명화(明花), 여기야."

그때 어느 골목어귀에서 한 남자가 반가운 표정으로 여자를 향해 손을 들어 보였다.

남자는 허름한 옷차림에 삼십대 중반의 나이며 구레나룻을 기른 강직해 보이는 모습인데 옷차림 때문에 별로 특별해 보이지 않는 평범한 인물이었다.

여자는 곧 사내에게 다가갔고 두 사람은 두런두런 대화를 나누면서 나란히 골목 안으로 걸어 들어갔다. 두 사람의 그런 모습은 누가 보더라도 부부 같았고, 남편이 아내 마중을 나온 듯했다.

그로부터 반 시진 후에 두 사람은 남경포구에 나타나 그곳에서 작은 나룻배를 타고 노를 저어 장강 한복판을 향해 천천히 나아갔다.

나룻배는 포구를 출발하여 얼마 지나지 않아서 어둠 속에 파묻혀 포구에서는 더 이상 보이지 않았다.

만약 누군가 두 사람을 미행했다면 배를 타고 따라가지 않는 한 포구에서 놓칠 수밖에 없을 터이다. 하지만 두 사람이 탄 배가 포구를 떠난 후에 다른 배들은 일체 포구에서 움직이지 않았다.

잠시 후에 나룻배는 장강 한가운데 떠 있는 한 척의 제법 규모가 큰 배에 이르렀다.

그 배는 태무랑의 배다. 뱃전에서 기다리고 있던 형구가 여자의 손을 잡아서 끌어당겨 배에 올려주었다.

잠깐 동안 여자의 손을 잡았던 형구는 몸이 찌릿찌릿하고 녹아버리는 듯해서 바보 같은 표정을 지었다.

지금 여자는 주방에서 일하다가 그냥 나온 듯 숯검정이가 묻고 머리카락이 헝클어졌으며 수건을 깊이 뒤집어쓴 추레한 모습이다.

그럼에도 불구하고 그녀의 용모는 눈이 번쩍 뜨일 정도의 절색 미모다.

더구나 형구는 그녀가 평소에 얼마나 아름다운 미모를 지니고 있는지 잘 알고 있기 때문에 단지 손을 잡은 것만으로도 황홀경에 빠져 버렸다.

그녀는 다름 아닌 옥령이었다. 태무랑의 명령으로 하루에 한차례씩 남경성 내에 다녀오는 길이다.

사내는 나룻배를 배 뒤쪽으로 저어가서 밧줄로 단단하게 묶은 후에 훌쩍 몸을 날려 배 위 갑판에 가볍게 내려섰다. 그 사내는 다름 아닌 우경도다.

세 사람은 선실 이층 태무랑의 방으로 향했다.

"다녀왔어요."

선실에 들어선 옥령은 머리에 쓰고 있던 수건을 벗으며 탁자 앞 의자에 앉아 있는 태무랑을 보며 보일 듯 말 듯 미소를 지으며 인사했다.

그러나 태무랑은 그녀에겐 눈길조차 주지 않고 우경도를 쳐다보았다.

우경도와 형구는 탁자 맞은편에 앉고 나서 우경도가 말문을 열었다.

"오늘도 별일은 없었네."

그는 매우 궁금한 표정을 지었다.

"풍개에게서 좋은 소식이 없었나?"

태무랑은 말없이 고개를 가로저었다.

사실 지난 사흘 동안 남경성 내를 떠들썩하게 만들었던 선우미인은 바로 옥령이다.

태무랑이 그녀더러 남경성 내를 돌아다니라고 명령했기 때문이다.

태무랑은 남경성 내에 아직도 단유천과 무극백절들, 그리고 무극신련 고수들이 다수 칩거하고 있다고 믿고 있다.

그래서 옥령이 남경성 내를 돌아다니면 그들 눈에 띄게 되지 않을까 생각했다.

만약 그들 중에 누군가 옥령을 발견한다면 그녀를 그냥 놔두지 않을 것이다.

태무랑에게 납치됐었던 옥령이 어째서 백주에 버젓이 거리를 활보할 수 있는 것인지 한편으로는 의심을 하면서도 어떻게 된 영문인지 알아내려고 그녀를 미행하든지, 무슨 방법으로든 접촉을 시도하려 들 것이다.

태무랑은 바로 그것을 노리고 있다. 옥령은 겉으로 보기에는 혼자서 남경성 내를 돌아다니는 것 같지만 실제로는 그렇지 않다.

비한과 수십 명의 날쌘 개방제자들이 옥령에게서 멀찍이 떨어진 곳에서 상시 감시를 하고 있다.

그러므로 누군가 옥령에게 접근하기만 하면 즉시 촉각에 걸려들고 만다.

한쪽에 서 있던 옥령은 태무랑 옆으로 다가오면서 엷은 미소를 지으며 물었다.

"식사하셨어요?"

그녀는 태무랑을 독차지하게 되었다고 생각하면서부터,

그리고 사흘 전 밤에 그와 두 번째 정사를 하고 나서 다른 사람으로 변한 것처럼 행동했다.

두 번째 정사는 태무랑이 천자필사가 보는 앞에서 옥령을 짓밟는 광경을 보여주려는 다분히 복수심에서 행한 잔인한 의도였었다.

하지만 옥령의 생각은 전혀 달랐다. 태무랑에게 어떤 속셈이 있는지, 그가 어떤 마음인지는 추호도 개의치 않았다. 단지 그가 자신을 안아주었다는 것, 즉 정사를 했다는 사실만이 중요할 뿐이다. 원인과 과정은 개의치 않고 결과만 중시 여긴 것이다.

그녀는 자신이 무극신련과 깊은 연관이 있었다는 사실을 점점 빠르게 잊고 있으며, 자신이 더 이상 과거의 옥령이 아니라고 생각한다.

지금은 그저 태무랑의 배료이며 그의 사랑을 애타게 갈망하는 여자로서 살아가기를 원하고 있다.

그래서 자신이 남경성 내를 하릴없이 배회하는 것이 무슨 목적을 갖고 있는지도 모른 채, 아니, 추측하려고도 하지 않으며 태무랑이 원하니까 무조건 따르고 있다.

그가 하라고 하면 불구덩이 속에라도 기꺼이 뛰어들 각오가 되어 있는 그녀다.

"먹지 않았소. 그대들이 돌아오기를 기다리고 있었소."

태무랑이 대꾸도 하지 않자 형구가 대신 옥령의 물음에 대답했다.

그는 여전히 옥령의 진짜 신분을 모르고 있다. 그렇기 때문에 그녀에게 친절하게 대하는 유일한 사람이 될 수 있었던 것이다.

옥령은 급히 서둘러 문 쪽으로 달려가며 말했다.

"잠시만 기다리세요. 제가 얼른 저녁식사 준비할게요."

그런데 그녀의 목소리가 예전과는 달리 매우 활기차 있었다.

이 배에 여자는 옥령과 천자필사 둘이다. 하지만 옥령이나 다른 사람들은 천자필사를 여자로 여기지 않기 때문에 사실상 여자는 옥령 혼자뿐이라고 할 수 있다.

천자필사는 한쪽 팔과 다리가 부러진 상태에서도 팔을 옆구리에 묶고 또 다리를 질질 끌면서 이 배의 허드렛일을 혼자서 도맡아 하고 있다.

혀가 잘라져서 벙어리가 된 탓도 있지만, 그녀는 하루 종일 입을 꾹 다문 채 묵묵히 일만 했다.

그리고 밤이 되면 피곤에 지쳐 방으로 돌아가 쓰러져서 잠에 곯아떨어졌다.

그녀는 사흘 전에 옥령을 목 졸라서 죽이려다가 태무랑에게 발각됐으나 아무런 벌도 받지 않았고 또한 그는 아무런 조치도 취하지 않았다.

옥령이 이처럼 비굴하게 사느니 차라리 죽는 게 낫다고 달려드는 천자필사나, 그녀에게 언제 목이 졸려서 죽을지 몰라 불안해하는 옥령이나 쓰디쓴 속병을 앓기는 피차 마찬가지이기 때문에 그것 또한 복수의 연장이라고 여기고 있는 것이다.

이 배의 사람들 식사는 모두 포구의 주루에서 요리를 사와서 데워 먹는 것이다.

옥령은 아예 요리 자체를 할 줄 모르고, 형구와 우경도는 혼자 생활을 오래한 탓에 요리를 할 줄 알지만 바쁘기 때문에 그럴 겨를이 없다.

＊　　　＊　　　＊

벽교상과 소천군은 오늘 아침에 무령왕가를 떠났다.

태무랑은 두 사람에게 자신이 한동안 무령왕가를 떠나 있게 되었다고 일방적으로 통보했으나 자세한 얘기는 해주지 않았다.

그러나 두 사람은 태무랑의 의도를 충분히 짐작했고 또 그럴 수밖에 없는 그의 심정을 이해했다.

그들은 태무랑이 무령왕가를 떠났으므로 자신들이 더 이상 그곳에 있을 필요가 없다고 생각했다.

또한 태무랑이 없으면 단유천이 무령왕가를 공격하지 않을 것으로 판단하여 이끌고 온 고수들을 모두 철수시켰다.

단 수월화를 호위하기 위해서 벽교상이 봉화십선을 남겨두었으며, 무령왕 부부를 보호하려고 소천군이 절정문 고수 열 명을 남겨두고 갔다.

*　　　*　　　*

"소저는 지난 사흘 동안 똑같은 행동을 반복하고 계십니다. 즉, 한가하게 성내를 돌아다니면서 구경을 하고 식사와 차를 마시는 등 별달리 특별한 행동은 눈에 띄지 않았습니다. 그 이후에는 청화루로 돌아가서 다음날 아침까지 꼼짝도 하지 않습니다."

무극백절 사 위 철기는 자신이 사흘 동안 옥령을 지켜본 것에 대해서 정리를 하여 공손히 보고했다.

"감시하는 자는 없었소?"

의자에 앉아 있는 단유천이 굳은 표정으로 물었다.

"멀찍이에서 개방제자들이 눈에 띄었소."

"음. 개방이 그놈을 돕고 있군."

"개방이 아니라 개방방주의 제자인 신풍개라는 놈이 적안혈귀와 단짝이 되어 놀아나고 있소."

"그게 그거요."

거기에서 잠시 대화가 멈추었고, 단유천과 철기는 푹신한 태사의에 몸을 묻은 채 생각에 잠겨 있는 한 인물, 즉 화명군을 쳐다보았다.

화명군은 사십대 중반의 나이로 보이지만 실제 나이는 육십오 세다. 공력이 심후하여 나이보다 훨씬 젊게 보이는 것이다.

게다가 매우 준수한 외모를 지녔다. 코밑과 입가, 턱에 반 뼘 정도의 짧고 검은 수염을 길렀으며, 우뚝한 콧날과 부리부리한 눈이 매우 인상적이다.

단유천은 화명군이 생각을 끝낼 기미를 보이지 않자 조심스럽게 입을 열었다.

"사부님, 사매를 어떻게 할 생각이십니까?"

그러나 화명군은 대답하지 않고 손으로 턱을 괸 채 여전히 생각에 잠겨 있었다.

단유천은 더 물을 용기가 나지 않아 잠자코 기다렸다.

화명군은 그로부터 일각 정도 더 지나서야 턱에서 손을 떼고 고개를 들었다.

"네가 일을 어지럽혀 놔서 어떻게 처리해야 좋을지 생각을 해보았다."

단유천은 얼굴이 화끈 달아올라 깊이 고개를 숙였다.

"죄송합니다."

그는 자신이 철화천궁과 싸우다가 멋대로 중지하고 남경으로 달려와서 무령왕 등을 공격하고 또 제남에 있는 무극신련 고수들을 대거 이쪽으로 이동시킨 죄가 있기에 입이 열 개라도 할 말이 없다.

당금 대명제국 황제의 친동생이며 병권을 손아귀에 틀어쥐고 있는 무령왕을 건드렸으니 장차 어떤 대가를 치르게 될지 짐작조차 할 수 없다.

모르긴 해도 그 책임이 사부 화명군에게 돌아갈 것이며, 최악의 경우에는 무극신련을 해체하고 화명군과 단유천 자신에게 중벌이 내려질 것이 분명하다.

화명군은 지혜로움이 가득한 맑은 눈으로 창을 응시하며 조용히 말했다.

"황궁으로부터의 벌을 피할 수는 없다. 대명의 백성이라면 어느 누구라도 황명에 따라야만 한다."

단유천은 화명군이 최악의 상황까지도 고려하고 있다는 것을 깨달았다. 그래서 더욱 죄스러운 마음에 고개를 들지 못했다.

"그것을 피하는 방법은 하나뿐이다."

방법이 있다는 말에 단유천은 가볍게 놀라 고개를 들고 화명군을 쳐다보았다.

“사부님…….”

화명군은 창에서 시선을 거두어 단유천을 쳐다보며 엷은 미소를 머금었다.

“화살에 맞지 않으려면 활을 쏘지 못하도록 만들어야지.”

그러나 단유천은 그 말이 무슨 뜻인지 이해하지 못했다. 그리고는 지금 당장 급한 것부터 물었다.

“사매는 어떻게 합니까?”

화명군은 대수롭지 않다는 듯 고개를 끄덕였다.

“내가 처리하겠다.”

단유천은 벌떡 일어났다가 그 자리에 무릎을 꿇고 절을 올렸다.

“감사합니다, 사부님.”

그는 허리가 끊어질 듯하고 어깨가 바스러지는 고통을 참았다.

그는 사부 화명군을 완벽하게 신뢰한다. 지금껏 사부는 한 번도 자신이 하고자 하는 일을 실패하거나 하지 않은 적이 없었다. 손을 대면 반드시 끝을 보고 또 성공시켰다.

*　　*　　*

‘그렇군! 이제야 알겠다!’

운공조식을 끝낸 태무랑은 미소를 지었다.

그는 잠옷을 입고 있는데 겉으로 드러난 얼굴과 손이 은은한 금색으로 물들어 있었다.

그는 인시(새벽 4시)에 일어나서 진시(아침 8시)인 지금까지 줄곧 운공조식을 하며 자신의 몸이 금강불괴지체가 되는 과정에 대해서 여러모로 시험을 해보았다.

그 결과 실로 우여곡절 끝에 그것이 어떻게 된 일인지 알아내게 되었다.

운공조식을 하고 나면 짧은 시간 동안 금강불괴지체가 되는 것은 전과 다름없다.

그런데 태무랑은 수없이 운공조식을 하던 끝에 전혀 뜻밖의 사실을 알아냈다.

언제든지 운기를 하기만 하면 온몸을 금강불괴지체로 만들 수 있다는 놀라운 사실이다.

더구나 운공조식이 아니라 운기다. 공력을 끌어올리는 것처럼 오행지기 중에 '금기'를 끌어올려 전신의 살갗 밖으로 밀어내면 금강불괴지체가 되는 것이다.

간단한 이치인데도 그것을 알아내기 위해서 머리에 쥐가 날 정도로 고심을 해야만 했었다.

그것은 실로 대단한 수확이다. 상시 금강불괴지체 상태로 있는 것은 아니지만, 위급할 때 운기를 하여 금강불괴지체가 된다면 몸이 절단되는 일을 예방할 수 있는 것이다.

옥령이 나흘째 남경성 내를 돌아다니기 위해서 출발하기 전에 태무랑에게 보고를 하러 왔다.

"가지 마라."

"왜요?"

태무랑이 중얼거리듯이 말하자 그녀는 의아한 표정으로 묻다가 그가 힐끗 날카롭게 쳐다보자 움찔하며 공손히 고개를 숙였다.

"네."

그녀는 허리를 펴고 조심스럽게 말했다.

"반 시진 후에 식사하러 내려오세요."

그녀가 나가고 나서 태무랑은 한참 동안 미간을 좁힌 채 못마땅한 표정으로 생각에 잠겼다.

그는 옥령에 대한 자신의 행동이 뭔가 잘못되어 가고 있는 것을 느꼈다. 그렇기 때문에 옥령이 저렇게 변한 것이라는 생각이 들었다.

지금 옥령은 자신의 처지와 현재의 생활에 매우 만족하고 있는 듯한 모습을 보이고 있다.

그녀가 도대체 어째서 그럴 수 있는지 태무랑은 잘 이해가 되지 않았다.

그는 옥령이 갖고 있던 모든 것을 빼앗았다. 그리고는 그녀가 상상조차 할 수 없었던 최악의 신분과 최저의 상황을 만들어주었다.

무극신련 총련주의 제자라는 신분에서, 찢어 죽여도 시원치 않을 원수의 몸종으로 전락시켰으니 살아서 숨을 쉬는 것 자체가 저주스러울 정도로 비참하게 하루하루를 살아야지만 맞는 얘기다.

하지만 방금 본 그녀의 모습은 추호도 비참하게 보이지 않았다. 아니, 그러기는커녕 오히려 행복에 겨워서 어쩔 줄 모르는 모습이다.

도대체 어떻게 그럴 수가 있는 것인가. 무엇이 그녀를 행복하게 만드는 것인가. 도무지 알 수가 없는 일이다.

문득 태무랑은 조금 전 옥령의 모습이 누군가의 모습과 비슷하다는 사실을 깨달았다.

수월화다. 그녀는 태무랑과 혼인이 결정되고 또 그와 첫날밤을 보낸 이후부터 하루 종일 눈에 띄게 행복한 표정을 짓고 있었다.

그런데 지금 옥령이 수월화 같은 모습이다. 그럴 리가 없다. 몸종인 주제에 혼인을 앞둔 요조숙녀의 행복한 모습과 닮다니 태무랑이 잘못 생각한 것일 게다.

그는 가볍게 고개를 흔들어 골치 아픈 생각을 털어버렸다.

눈앞에 큰일들이 산재해 있는데 옥령의 문제로 골머리를 썩고 싶지 않았다.

그가 옥령을 더 이상 남경성 내로 보내지 않으려는 이유는 아주 단순하다. 그녀를 더 내보내 봤자 소용이 없다고 판단했기 때문이다.

그녀가 사흘 동안 남경성 내를 활보하고 다녔으면, 단유천이나 무극백절들이 이미 충분히 봤을 것이다.

그런데도 그들이 옥령에게 접근하지 않고 있는 이유는, 이제 그들이 남경성 내에 없거나 아니면 매우 조심을 하고 있다는 얘기다.

옥령에게 남경성 내를 돌아다니도록 한 계획이 아직 실패했다고는 할 수 없다. 결과가 나오지 않았기 때문이다.

*　　　*　　　*

태무랑은 떠났지만 무려왕가 우장각에는 수월화와 태화연, 그리고 은지화가 머물고 있다.

그녀들은 태무랑이 떠난 이후 줄곧 셋이서 지내며 모든 행동을 함께 하고 있다.

그녀들 모두 태무랑하고는 각별한 사이였으므로 그가 떠나고 나자 비슷한 외로움을 겪으면서 자연스럽게 서로를 위로하며 함께 행동을 하게 된 것이다.

은지화는 태무랑이 없는데도 떠날 생각을 하지 않았다. 하지만 그가 돌아오기를 기다리고 있는 것은 아니다.

그녀는 마음속으로 그를 거의 단념한 상태다. 그러는 데에는 비한의 도움이 컸다.

그리고 수월화가 워낙 현숙한 요조숙녀라서 태무랑의 좋은 아내가 될 것이라는 추측이 은지화가 단념을 하는 데 일조를 하였다.

만약 수월화가 은지화 마음에 들지 않았다면 그녀는 무슨 수를 써서라도 태무랑을 차지하려고 고집을 부렸을지도 모르는 일이다.

그렇게 태무랑과 수월화의 혼인을 승복했기 때문에 은지화는 수월화와 가까워질 수 있었다.

"흥! 어쩌면 그럴 수가 있죠? 그 계집은 데려가면서 부인이나 다름없는 당신을 떼어놓고 갔다는 것이 나는 아직도 이해할 수가 없어요."

세 여자는 우장각 삼층 노대의 탁자 둘레에 앉아 차를 마시면서 담소를 나누는 중인데, 은지화가 문득 생각난 듯 뾰로통한 얼굴로 종알거렸다.

수월화는 담담히 미소 짓는데 태화연이 의아한 표정으로

물었다.

“그 계집이라니, 누구죠?”

“누군 누구겠어요? 옥령 그년이지.”

그렇게 말하고 나서 은지화는 수월화의 표정이 가볍게 변하고 태화연은 크게 놀라는 것을 발견하고는 뭔가 잘못됐다는 사실을 직감했다.

하지만 수월화는 곧 원래의 표정으로 돌아갔다. 그러나 태화연은 방금 전보다 더 놀라는 얼굴로 은지화에게 물었다.

“옥령이라니, 무극신련의 그 옥령을 말하는 거예요?”

“나는… 그러니까…….”

은지화는 그 사실을 수월화와 태화연이 모르고 있었다는 것과 자신이 실언을 했다는 것을 깨닫고 당황했다.

수월화가 미소를 지으며 사태를 무마했다.

“은 소저가 뭔가 착각한 것 같아요. 그렇죠?”

은지화는 어색하게 웃었다.

“아… 하하하! 그런 것 같군요. 옥령이라니, 제가 잠시 딴 생각을 하고 있었나 봐요.”

그러고 나서 그녀는 태화연을 향해 손을 저어 보였다.

“무랑가께서 옥령 그년을 보면 당장 목을 비틀어서 죽일 텐데 그럴 리가 있겠어요? 안 그래요, 연 매?”

“그렇겠죠?”

　태화연은 그렇게 대답을 하면서도 뭔가 미심쩍은 표정을
지우지 못했다.

　그때 이후 수월화는 은지화에게 옥령에 대해서 일체 아무
것도 묻지 않았다.
　그래서 은지화는 불안했다. 수월화가 어떤 심정일는지 충
분히 짐작하고 있기 때문이다.
　은지화는 수월화에게 해명해야 한다고 생각했으나 수월화
가 언제나 태화연과 함께 있기 때문에 그럴 기회를 얻지 못했
다.
　애가 타는 쪽은 은지화다. '태무랑이 옥령을 데려갔다'는
말을 듣고서도 수월화가 아무것도 묻지 않고 평소와 다름없
이 행동을 하기 때문이다. 은지화 같았으면 난리가 나도 수십
번은 났을 것이다.
　결국 은지화는 깊은 밤에 수월화의 침실로 찾아가는 방법
을 택했다.
　그녀가 들어오는 기척에 수월화는 잠에서 깨어 상체를 일
으켜 앉았다.
　은지화는 침상 가에 걸터앉아 옥령에 대한 자초지종을 수
월화에게 설명해 주었다.
　설명을 듣는 중이나 다 끝났을 때까지도 수월화는 변화 없

이 그저 담담한 표정을 유지했다.

"괜찮아요?"

그녀의 반응 때문에 은지화는 설명을 하기 전보다 더 불안해져서 조심스럽게 물었다.

수월화는 온화하게 미소 지었다.

"괜찮아요. 걱정해 줘서 고마워요."

그는 오히려 은지화에게 고마움을 표했다. 하지만 은지화는 그녀가 그런 놀라운 사실을 알게 되고도 어째서 괜찮을 수 있는 것인지 이해하기가 어려웠다.

그래서 은지화는 몇 번을 망설이다가 용기를 내서 조심스럽게 물었다.

"어째서 괜찮을 수 있죠? 무랑가가 옥령을 죽이지 않고 배료로 만들었잖아요. 그리고 그녀를 데리고 떠났잖아요. 그런데 걱정도 되지 않아요?"

그러자 수월화는 도리어 의아한 듯 물었다.

"무슨 걱정을요?"

"그러니까 그게……."

은지화는 태무랑은 남자고 옥령은 여자인데다 절세미녀이기 때문에 두 사람이 자칫 육체관계를 맺을 수도 있지 않겠느냐고 말하려다가 그만두었다.

그녀가 생각하기에도 그것은 도저히 말이 되지 않는 소리다. 태무랑이 제정신을 갖고 있다면 어떻게 옥령과 정사를 할 수 있다는 말인가. 그녀는 제풀에 겨워서 실소를 흘리고 말았다.

“제가 괜한 생각을 했나 봐요.”

수월화는 아스라한 표정을 지으며 창을 바라보았다.

“제가 걱정하는 것은 그 사람에게 무슨 변고가 생기지 않을까 하는 것뿐이에요.”

“그렇군요.”

담담히 고개를 끄덕이는 은지화의 눈에는 수월화가 너무도 크게 보였다.

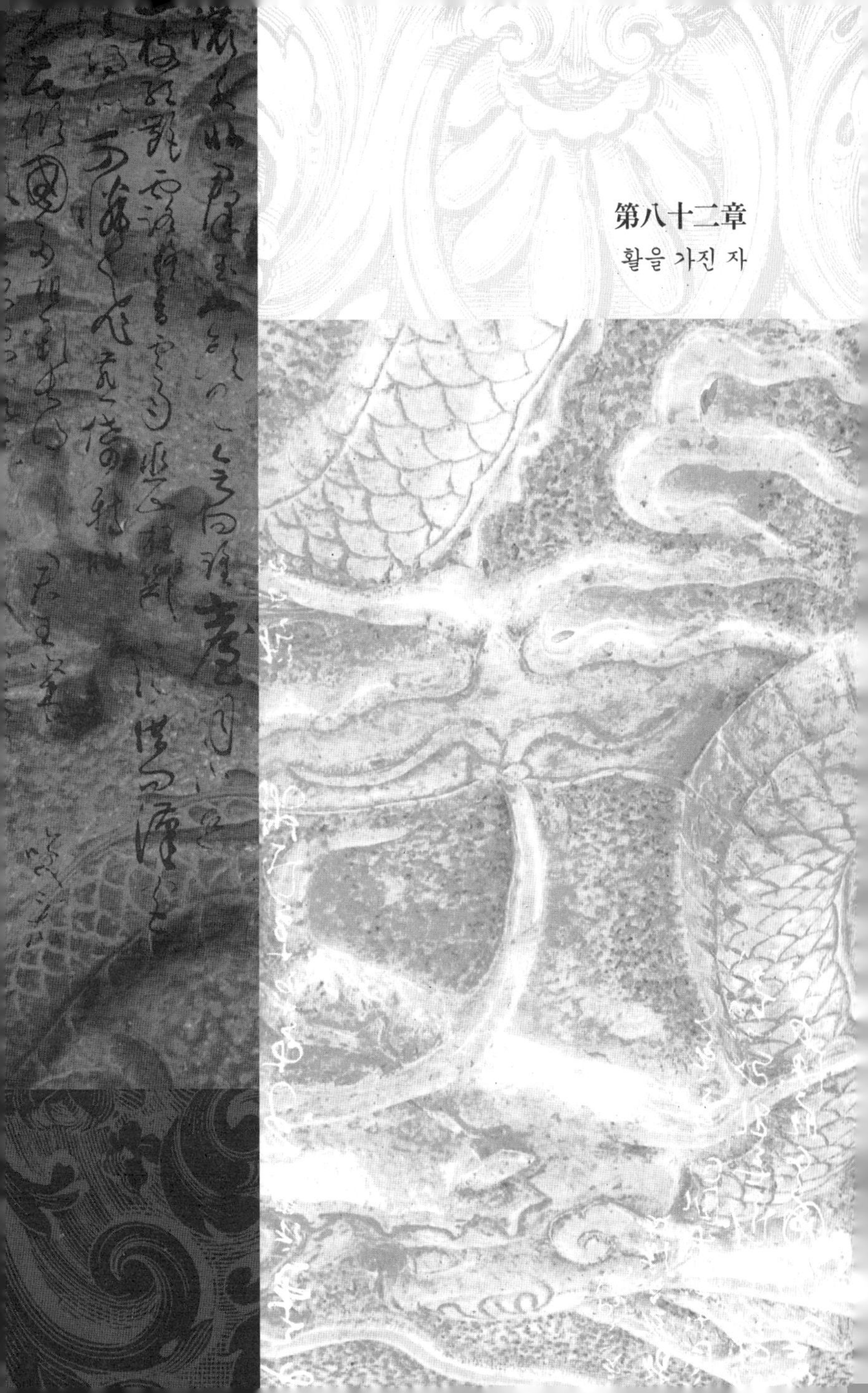

第八十二章
활을 가진 자

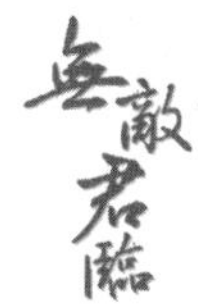

무림에서 무극백절 사 위 철기의 얼굴을 알고 있는 사람은 거의 없다. 또한 같은 무극백절들도 그를 한 번도 못 본 사람이 부지기수다.

무극신련 총련주인 환우천제 화명군의 진면목을 알고 있는 사람은 그보다 훨씬 적다.

지금 그 두 사람이 평범한 옷차림으로 남경성 내를 두 시진째 배회하고 있는 중이다.

대로상을 행인들에 섞여서 태연하게 걸어가고 있지만 아무도 두 사람을 알아보지 못했다.

화명군의 목적은 옥령을 만나는 것이다. 그녀가 어두워지면 청화루에 간다는 것은 알고 있지만, 그전에 그녀를 만나기 위해서 성내를 돌아다니고 있는 것이다.

철기는 지난 사흘 동안 옥령을 미행하면서 그녀가 잘 갔었던 곳들을 돌아다녔으나 어찌 된 일인지 옥령의 모습은 어디에서도 발견되지 않았다.

철기는 마지막으로 화명군을 청화루로 안내하려고 마음먹었다. 옥령이 보이지 않는 이유가 그녀가 아직 청화루에 있기 때문일 것이라고 추측한 것이다.

하지만 그곳에도 옥령이 없을 확률이 구 할 구 푼이어서 철기는 화명군에게 죄스러운 생각이 들었다.

"이것으로 됐다."

그런데 화명군이 걸음을 멈추었다.

"령아의 운이 여기까지인 듯하다."

화명군은 옥령을 구하려 했었다. 개방제자들이 그녀를 감시한다고 해도 화명군을 막지는 못한다.

아니, 그 무엇 그 누구라도 그가 하는 일을 제지할 자격과 능력은 없다.

만약 그가 오늘 옥령을 발견했더라면, 그래서 그녀를 구했더라면 그녀의 운명은 또다시 바뀌었을 것이다.

화명군은 사람들이 물결처럼 오가고 있는 거리 저쪽을 응시하며 말했다.

"사흘 후에 돌아오마. 그동안 네가 해야 할 일이 있다."

이어서 그는 철기에게 몇 가지 명령을 내리고는 인파 속에 섞여 거리 저쪽으로 걸어갔다.

철기는 화명군이 시야에서 완전히 사라질 때까지 지켜보다가 그 자리를 떴다.

*   *   *

쿵!

뭔가 묵직한 물체가 태무랑의 배에 부딪치는 소리가 났다.

그 소리에 태무랑과 형구, 우경도가 급히 선실 밖으로 뛰쳐나왔다.

"무랑."

나룻배를 타고 온 비한이 신형을 솟구쳐 이층 선실 입구로 쏘아 올라 내려섰다.

방금 그것은 비한이 타고 온 나룻배가 태무랑의 배 옆구리에 부딪치는 소리였다.

대체 무슨 일이기에 침착하기로 정평이 난 비한이 나룻배를 묶을 생각도 하지 않고, 더구나 얼굴에는 다급하고 초조한 기색이 역력했다.

“무슨 일이냐, 한?”

형구가 급히 묻자 비한은 태무랑을 보며 긴장된 표정에 빠른 어조로 말했다.

“무극백절이 극도로 공손하게 대할 만한 인물이 누군가?”

태무랑이 짧게 대답했다.

“화명군.”

“그렇지?”

태무랑은 비한의 얼굴을 뚫어지게 주시하면서 쿡 찌르듯이 말했다.

“화명군이 남경에 나타난 것인가?”

“그렇네.”

슥—

비한은 태무랑이 다음 말을 하기도 전에 품에서 종이 한 장을 꺼내 내밀었다.

“이자일세.”

태무랑이 종이에 그려진 어느 중년인의 그림, 즉 전신을 보고 있는 동안 비한이 말을 이었다.

“그자가 무극백절 한 명의 안내를 받으면서 성내를 두 시진 동안이다 돌아다녔었네.”

비한은 화명군을 안내한 인물이 무극백절 사 위 철기라는 사실을 모른다.

하지만 지난 사흘 동안 그자가 먼발치에서 옥령을 지켜보고 있었다는 사실은 잘 알고 있다. 왜냐하면 비한이 그자를 지켜보고 있었기 때문이다.

비한은 옥령이 청화루로 들어간 직후에 그자, 즉 철기가 미행을 끝내고 어딘가로 향하는 것을 사흘 동안 미행했으나 번번이 놓치고 말았었다.

그래서 그자가 무극백절 중에서도 상위에 속하는 초절고수일 것이라고 짐작했었다.

"틀림없이 화명군일 거야."

태무랑이 전신을 뚫어지게 주시하는 것을 보면서 비한은 확신하듯 말했다.

"화명군이 모습을 드러낸 것은 그녀를 구하려는 게 틀림없네. 그녀는 어디에 있나?"

태무랑이 전신을 보는 데 집중하고 있어서 형구가 대신 대답했다.

"무랑이 그녀에게 오늘은 나가지 말랬어."

그는 말하고 나서 고개를 갸웃거렸다.

"화명군이라면 무극신련 총련주잖아? 그자가 어째서 무랑의 배료를 구한다는 거지?"

형구와 우경도는 아직 옥령이 누군지 모르고 있다. 그렇기 때문에 지난 사흘 동안 왜 그녀에게 남경성 내를 돌아다니라고 한 것인지 이유를 모르는 것이 당연했다.

태무랑이 전신에서 시선을 거두자 우경도가 전신을 받아서 살펴보았다.

태무랑은 이제 우경도와 형구에게도 옥령의 신분을 알려줘야 할 때가 됐다고 생각했다.

태무랑이 가볍게 고개를 끄덕이자 비한이 형구와 우경도를 둘러보며 말해주었다.

"그녀가 옥령일세."

"옥령? 화명군의 여제자인 옥령 말이야?"

"그렇네."

"누가?"

비한은 묵묵히 턱으로 아래층 주방 쪽을 가리켰다.

순간 형구와 우경도는 주방 쪽을 쳐다보다가 동시에 경악하는 표정을 지었다.

"에엣?"

"그게 정말인가?"

두 사람은 확인을 하기 위해서 태무랑을 쳐다보았다. 그가 고개를 끄덕이자 누가 먼저랄 것도 없이 동시에 아래층으로 몸을 날렸다.

잠시 후에 주방의 집기가 부서지는 요란한 소리와 누군가를 구타하는 소리, 그리고 형구의 악에 받쳐서 욕을 퍼붓는 소리가 한꺼번에 들려왔다.

와장창! 우당탕! 퍼퍼퍽!

"이 개년아! 네년이 옥령이었다고? 너 오늘 나한테 죽어봐라! 이 우라질 년아!"

비한은 태무랑에게 오기 전에 성내의 유명한 화장에게 찾아가서 자신이 먼발치에서 목격했던 화명군의 모습을 자세히 설명해 주고 그 모습을 그리도록 했다.

그렇게 해서 두 장의 전신을 만든 후에 일단 신풍개에게 들러서 한 장을 주고 다른 한 장을 갖고 이곳으로 달려온 것이다.

신풍개는 전신을 대량으로 필사(筆寫)하여 개방제자들에게 나누어 주고 또 북쪽에 있는 여러 개방분타에 전서구로 보내기도 했다.

비한이 화명군을 마지막으로 봤을 때, 그가 북쪽으로 향하고 있었기 때문이다.

"태 형, 자네는 화명군이 남경에 무엇 때문에 왔을 것이라고 생각하나?"

실내에는 태무랑과 비한, 형구, 우경도 네 사람이 탁자에 둘러앉아 있다.

비한의 물음에 태무랑은 생각할 것도 없다는 듯 대답했다.

"단유천이 저질러 놓은 일 때문에 왔겠지."

"그리고 여제자를 구하려는 목적도 있을 걸세."

형구가 옥령을 두들겨 패서 반죽음을 만들어놓았기 때문에 시중을 들어줄 사람이 없어서 네 사람이 앉아 있는 탁자에는 식은 차 한 잔도 놓여 있지 않았다.

지금 그녀는 자신의 방 침상에 혼절한 채 누워 있다. 형구가 두들겨 패고는 그녀를 질질 끌어다가 침상에 눕혀놓은 이후에 얼마나 다쳤는지 아무도 들여다보지 않았다.

태무랑은 형구가 옥령을 두들겨 패는 것을 전혀 말리지 않았다. 그럴 필요를 못 느꼈다.

설사 형구가 그녀를 죽인다고 해도 아무런 감정의 변화도 느끼지 못했을 것이다.

비한이 눈살을 찌푸리며 중얼거렸다.

"그런데 화명군이 위기에 처한 단유천을 놔두고 대체 어디로 가는 것인지 모르겠군. 단유천이 저질러 놓은 일과 여제자를 구하는 것보다 더 급한 일이 있는 것인가?"

모두들 입을 다물고 침묵을 지켰다. 지금 상황이 매우 급박하다는 것은 알고 있지만 화명군의 의중을 짐작조차 못하기 때문에 답답하기만 했다.

태무랑은 팔짱을 끼고 눈을 감은 채 깊은 생각에 잠겼고, 다른 세 사람도 제각기 생각에 열중했다.

평소에는 일체 말이 없는 비한이지만, 중요한 시기에는 자신의 생각을 기탄없이 쏟아내는 성격이다.

"단유천의 일과 옥령을 구하는 일 중에서 어느 것이 급할 것이라고 생각하는가?"

이번에는 우경도가 생각하는 모습으로 대답했다.

"당연히 단유천의 일이겠지. 무령왕을 공격했으니까 조만간 황궁으로부터 중벌이 내려지지 않을까? 화명군으로서는 발등에 불이 떨어졌으니까 그것을 끌 수 있는 방법을 모색하는 게 급선무일 테지."

형구가 궁금한 듯 물었다.

"어떤 벌이 내려질 것 같은가?"

비한은 생각할 것도 없다는 듯 즉답했다.

"당연히 무극신련의 해체와 화명군, 단유천, 무극백절의 삼족(三族)을 멸하는 참수형이 내려질 걸세. 황족을 그것도 황제의 친동생을 해치려고 한 것은 반역이기 때문일세. "

"으으…… 삼족을 멸하다니 지독하군."

"그러니까 삼족멸문과 옥령을 구하는 것의 우선순위가 무엇이겠나?"

"당연히 삼족멸문을 모면하는 것이겠지. 화명군인지 나발인지 제자 하나 잘못 둔 덕에 패가망신하게 생겼군?"

비한은 고개를 흔들었다.

"그런 상황인데 화명군이 단유천과 옥령 두 명의 제자를 모두 팽개쳐 두고 어디론가 가버렸다는 것이 도저히 이해되지 않는군."

"골치 아프니까 도망친 거겠지, 뭐."

이윽고 태무랑이 팔짱을 풀었다. 그는 자신의 생각과 친구들의 대화에서 얻은 지식을 정리해서 결론을 내렸다.

"나는 화명군에 대해서 잘 모르지만 제자들을 버릴 정도의 인물은 아니라고 생각한다."

세 사람은 태무랑을 주시했다.

"만약 화명군이 제자들을 버린 것이 아니라면?"

형구가 두 팔을 벌리면서 말도 안 된다는 표정을 지었다.

"하지만 실제로 그자가 제자들을 버리고 남경을 떠나는 것을 한이 목격했잖아?"

"방법을 찾으러 간 것일 수도 있다."

이번에는 우경도가 고개를 가로저으며 말했다.

"무슨 방법 말인가? 단유천과 무령왕이 여기에 있으면 여기에서 해결책을 찾아야지 무슨 소리야?"

비한도 형구와 우경도의 의견에 동의했다.

"현재 화명군이 취할 수 있는 유일한 선택은 무령왕 전하를 찾아뵙고 용서를 비는 것뿐일세."

태무랑의 표정이 굳어졌다.

“화명군은 제자들을 버릴 인물도 아니지만, 아버님께 빌 정도로 비굴한 인간도 아닐 게야.”

그는 턱으로 북쪽을 가리키며 비한에게 물었다.

“북쪽에 아버님과 연관되는 것이 뭐가 있나?”

“그거라면 당연히 황궁이지.”

그렇게 말해놓고 비한은 뭔가 번쩍 떠오르는 것이 있어서 크게 놀라는 표정을 지었다.

“설마 그자가…….”

태무랑은 비한이 무슨 말을 할 것인지 짐작하고 고개를 끄덕였다.

“그럴 가능성이 충분하다.”

그러나 비한은 신음을 흘리면서 고개를 가로저었다.

“음……. 아무리 그렇더라도 화명군이 미치지 않고서야 어떻게 그런 짓을…….”

하지만 형구와 우경도는 두 사람이 무엇에 대해서 말하는 것인지 짐작조차 하지 못했다.

탁탁탁!

형구가 답답한 나머지 손바닥으로 탁자를 두드리면서 성화를 부렸다.

“무슨 얘기야? 나도 좀 알면 안 돼?”

그러나 태무랑과 비한은 형구의 말에만 귀가 멀었는지 들은 체도 하지 않고 대화를 계속했다.

"화살이 발사되면 삼족이 몰살된다."

태무랑의 말을 비한이 무거운 신음소리를 내며 받았다.

"음! 그러므로 화살이 발사되지 않게 하려면 활을 쥐고 있는 사람을 죽여야 한다. 그분이 바로 황제시다. 그건가?"

형구와 우경도는 화들짝 놀라 눈을 크게 떴다.

태무랑은 그들의 반응은 개의치 않았다.

"령에게 들은 바로는, 황제께서 환우가 위중하시다고 하던데 사실인가?"

비한은 침중하게 고개를 끄덕였다.

"사실… 황제께선 환우가 너무 깊으셔서 거의 혼수상태에 빠져 계시네."

그 말은 황제가 행동은 물론이고 말도 못할 뿐만 아니라 어떤 명령을 내릴 수도 없는 상태, 즉 정사를 돌보지 못하는 상태에 놓여 있다는 뜻이다.

하지만 그런 사실은 황제의 최측근과 황족 중에서도 극소수만 알고 있다. 세상에 알려지면 큰 혼란이 야기될 것이기 때문이다.

"그럼 누가……."

태무랑은 말끝을 흐렸다. 그는 황궁에 대해서 아는 바가 거의 없기 때문에 심중에 있는 말을 제대로 설명하기가 어려웠

다. 하지만 비한은 그가 무슨 말을 하려는지 정확하게 알아차
렸다.

"내가 알기로는 현도왕(顯途王) 전하께서 섭정(攝政)을 하
고 계시네."

"섭정?"

태무랑은 '섭정'이라는 뜻을 모른다. 비한은 그것을 짐작
하고 설명해 주었다.

"현도왕 전하께서 황제를 대신하여 대명제국을 통치하고
계시다는 얘길세."

"음! 그런가?"

또 다른 생각이 태무랑의 머릿속에서 번뜩였다.

"그렇다면 화명군의 표적은 현도왕인가?"

비한의 표정이 심각하게 변했다.

"현재 활을 쥐고 있는 분이 현도왕 전하시니까 아무래도
그렇겠지."

벌떡!

갑자기 비한이 퉁기듯 급히 일어섰다.

"화명군이 황궁으로 간 것이 거의 분명하니까 이 사실을
즉시 알려야겠네."

"기다려라."

태무랑의 제지에 비한은 문으로 가다가 의아한 표정을 지

으며 멈춰서 뒤돌아보았다.

"왜 그러는가? 이것은 촌각을 다투는 일일세."

조급해하는 비한하고는 달리 태무랑은 차분했다.

"앉게."

비한은 못마땅한 듯 미간을 좁혔다. 생각 같아서는 당장 뛰쳐나가고 싶었다.

아니, 그래야만 한다. 그는 무령왕에게 목숨을 바쳐 충성하고 있으며, 대명제국을 위해서도 그렇다. 하지만 그는 태무랑이 가리키는 의자에 앉았다.

태무랑이 경망스러운 사람이 아니라는 것을 잘 알기 때문이다. 그가 앉으라고 말할 때에는 충분히 그럴 만한 이유가 있을 것이다.

하지만 태무랑의 입에서 흘러나온 말은 비한이 기대하고 있던 내용하고는 거리가 너무 멀었다.

"자넨 아무것도 하지 말게."

"무… 슨 말인가?"

"말 그대로야."

비한은 눈을 조금 크게 뜨고 쏘는 듯이 태무랑을 주시하다가 가라앉은 목소리로 물었다.

"이유를 물어봐도 되겠나?"

형구와 우경도는 이제 어느 정도 두 사람이 나누는 대화의 윤곽을 이해하기 시작했다.

비한은 태무랑의 표정이 평소보다 훨씬 더 냉정하게 변하는 것을 보면서 그가 어떤 종류의 말을 할지 짐작했다. 하지만 무슨 말을 하려는지는 알지 못했다.

"황제께서 돌아가시면 누가 다음 대 황제가 되는가?"

"자네……."

비한은 그제야 태무랑의 의도를 눈치챘는지 황망한 표정을 지었다.

"말해보게."

비한은 침착함을 유지하려고 애쓰면서 대답했다.

"황제껜 두 분의 아우가 계시네. 무령왕 전하와 현도왕 전하일세. 황제께서 장남이고 현도왕 전하께서 둘째, 무령왕 전하께서 셋째, 즉 막내일세."

그는 짧게 심호흡을 하고 말을 이었다.

"하지만 황제께서 붕어(崩御)하시면 반드시 둘째인 현도왕 전하께서 황위를 계승하지는 않으실 걸세."

"어째서?"

"황제께서 환우가 깊어지기 전에 미리 작성해 두신 황지(皇志:황제의 뜻)가 있는데, 거기에는 차기 황제로 무령왕 전하를 지목하셨다고 적혔다더군."

태무랑은 냉정한 표정에 눈빛까지 차가워졌다.

“현도왕이 섭정을 하고 있다면 황제나 다름없겠군?”

“그렇지.”

“그렇다면 황지에도 손을 쓸 수 있겠지?”

거기까지 생각하지 못했던 비한은 한 대 얻어맞은 듯한 표정을 지었다.

“그… 렇겠군.”

“어쩌면 황지는 이미 새로 고쳐졌을 거야.”

비한은 적이 놀라는 표정을 지었다.

“차기 황제로 현도왕 전하를 지명하는 것으로 말인가?”

“그럴 거야.”

비한은 암울한 표정을 지었다가 곧 움찔 놀라는 표정을 지었다. 화명군이 북경으로 올라간 이유를 짐작할 수 있기 때문이다.

태무랑은 창을 응시하며 차가운 표정으로 중얼거렸다.

“현도왕이 죽으면 아버님께서 황위에 오르실 것이다.”

“……”

태무랑의 말에 세 사람 얼굴에 경악지색이 떠올랐다. 그들은 아무 말도 하지 못하고 태무랑을 쳐다보기만 했다.

태무랑의 말은 너무도 엄청난 것이다. 경우에 따라서는 반역으로도 몰릴 수 있다.

태무랑은 비한을 보며 냉정한 표정을 지었다.

"내 말이 틀린가?"

비한은 조금 더 침묵을 지키다가 고개를 가로저었다.

"아… 닐세. 자네 말이 맞네. 화명군이 현도왕 전하를 암살하게 되면 무령왕 전하께서 어느 누구의 반대도 없이 황위에 오르실 걸세."

형구가 탄성을 터뜨렸다.

"야아! 그럼 무랑이 황제의 부마가 되는 거잖아? 그거 굉장하다!"

우경도가 말을 이었다.

"그렇다면 태 형과 수월 공주 사이에서 왕자가 태어나면 그분이 다음 대 황제가 될 걸세."

"그… 그렇게 되는 건가? 그럼 무랑이 황제의 아버지가 되는 거로군. 오오!"

형구가 눈을 빛내고 입에서 침을 흘리며 설레발을 치는데도 태무랑과 비한은 돌처럼 굳은 표정으로 서로를 뚫어지게 주시하고 있을 뿐이다.

태무랑과 비한은 침묵하는 중에 무언의 대화를 나누고 있다.

비한으로서도 무령왕이 황제가 되는 것은 나쁘지 않다. 아니, 자신이 주군으로 모시는 분이 대명제국의 황제가 되는 일이므로 쌍수를 들어 환영할 일이다.

하지만 그것은 정직한 방법이 아니기 때문에 고심하고 있는 것이다.

"현도왕은 이미 황지를 고쳤을 것이다."

태무랑의 말뜻은, 현도왕이 이미 부정을 저질렀을 것이므로 우리가 화명군의 북상을 황궁에 알리지 않는다고 해도 거리낄 것이 없다는 것이다.

"하지만 무령왕 전하께선 황위에 오를 뜻이 없으시네."

"현도왕이 있기 때문이겠지."

비한은 고개를 끄덕였다.

"무령왕 전하께선 황위를 놓고 형제끼리 싸우는 것 자체를 싫어하시네."

"그렇기 때문에 현도왕이 섭정을 해도 아버님께선 가만히 계셨던 것이로군."

"그렇네."

태무랑은 희미한 미소를 지었다.

"하지만 현도왕이 죽으면 아버님께서도 황위에 오르실 수밖에 없으실 거야."

비한은 고개를 끄덕였다.

"그야 그렇겠지만……."

그는 문득 생각난 듯 물었다.

"그런데 화명군이 현도왕을 죽일 수 있을까?"

그는 현도왕 뒤에 '전하'라는 칭호를 떼고 불렀다. 현도왕이 화명군에게 암살당하는 것을 묵인하는 쪽으로 마음을 굳혔기 때문이다.

태무랑은 고개를 끄덕였다.

"가능할 거야."

비한은 안색이 흐려졌다.

"황궁에는 날고 기는 황궁 고수들이 수만 명이나 있네. 그중에는 무극백절에 못지않은 고수들도 다수 있네. 그들의 경호를 뚫고 현도왕을 암살하는 일은 결코 쉽지 않을 걸세."

"현도왕이 황궁에서 기거하고 있나?"

"그렇지는 않을 걸세. 아마 그는 황궁에서 퇴청하면 북경의 현도왕가로 돌아갈 걸세."

"그렇다면 화명군이 현도왕을 죽이는 것은 어렵지 않을 거야. 현도왕가는 황궁처럼 삼엄하지 않을 테니까."

"그렇겠군."

화명군은 필경 정체를 드러내지 않은 상태에서 현도왕을 암살할 것이다.

그러므로 암살이 성공한다고 해도 그 사건은 오리무중에 빠질 것이 분명하고, 무극신련과 화명군 등은 삼족멸문을 모면하게 될 터이다.

그때 태무랑의 입가에 흐릿한 미소가 피어오르는 것을 발견한 비한은 그가 또 다른 묘책을 생각해 냈을 것이라고 짐작했다.

“이제 우리의 할 일이 정해졌다.”

비한은 태무랑의 심중을 조금도 짐작하지 못했다. 하지만 그가 큰일에 강하다는 것과 그가 생각해 내는 것이 하나같이 놀라운 것들뿐이라는 사실을 인정했다.

“화명군이 현도왕을 죽이는 동안 우린 두 가지 일을 준비해야 한다.”

형구가 촉 빠르게 끼어들었다.

“그게 뭔데?”

“화명군이 남경으로 돌아오기 전에 단유천을 제압하는 것. 그리고 화명군이 현도왕을 암살하면 그 사실을 황궁에 알리는 것이다.”

“아아…….”

세 사람은 똑같이 탄성을 터뜨렸다.

화명군이 무극신련의 해체를 막고 자신과 단유천 등의 삼족멸문을 방지하려고 현도왕을 암살했는데, 그 사실을 황궁에 알린다면 그는 헛고생을 한 것이 돼버린다.

아니, 죄가 더 커져 버릴 것이다. 그러므로 그것은 삼족멸문으로 해결될 일이 아니다.

형구는 눈을 희번덕이면서 태무랑을 보며 엄지손가락을 추켜세웠다.

"굉장하다, 무랑아! 최고야!"

비한과 우경도 역시 태무랑의 비상한 머리에 감탄을 금치 못했다. 자신들이라면 도저히 거기까지는 생각하지 못했을 것이다.

"그런데 옥령으로도 찾지 못한 단유천을 어떻게 찾아낸다는 말인가?"

"쌀집이다."

비한의 물음에 태무랑은 짧게 대답했다.

하지만 태무랑 외에 세 사람은 쌀집으로 어떻게 단유천을 찾는다는 것인지 짐작조차 하지 못했다.

태무랑이 쌀집에 대한 설명을 끝낸 후에 비한과 형구, 우경도는 태무랑의 선실에서 나왔다.

태무랑은 선실 앞으로 나와 세 사람이 나룻배에 타고 출발하는 것을 지켜보았다.

우경도가 노를 저어 나룻배가 포구 쪽으로 향할 때 비한의 귀에 태무랑의 전음이 들렸다.

[아버님껜 아무 말도 하지 마라.]

비한도 그럴 생각이었다.

第八十三章
구사일생

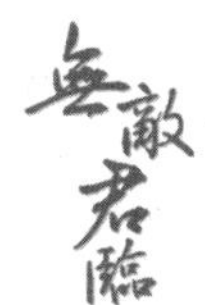

비한과 형구, 우경도는 남경성 내의 쌀집들을 하나씩 일일이 찾아다니면서 한 가지 사실을 알아보았다.

사람은 먹지 않고는 살지 못한다. 그리고 한인의 주식은 쌀이다. 그러므로 쌀의 소비는 인구에 비례한다.

남경성 내에는 쌀집이 많을 것이다. 그리고 성민들은 대부분 자신의 단골쌀집에서 쌀을 대먹을 터이다.

그 말은 곧 남경성 내 쌀집들의 하루 쌀 판매량이 일정할 것이라는 뜻이다.

단유천은 무극백절 사십여 명과 천풍대 고수 백여 명을 거느리고 있다. 백사십여 명이 하루에 먹어치우는 쌀의 양은 결코 적지 않다.

그러므로 얼마 전부터 갑자기 쌀 판매량이 부쩍 늘어나 지금도 유지되고 있는 쌀집을 찾아낸다면, 단유천이 숨어 있는 곳을 찾는 것이 어렵지 않을 것이다.

그것이 바로 태무랑이 생각해 낸 단유천을 찾아내는 방법이었고, 비한과 형구, 우경도에게 남경성 내의 쌀집들을 찾아다니면서 그 방법대로 수소문해 보라고 지시한 것이다.

하지만 세 사람은 예상치 못했던 난관에 부닥쳤다. 남경성 내에 쌀집이 이백여 개나 된다는 것은 차치해 두고라도, 그 쌀집들이 자신들의 쌀 판매량에 대해서 극구 입을 다물고 있다는 사실 때문에 세 사람은 조사를 시작하자마자 포기해야만 하는 상황에 처했다.

비한이 자신의 지위나 군사들을 동원한다면 일을 쉽게 처리할 수 있을 것이다.

하지만 그리되면 무령왕가에서 쌀집을 조사하고 다닌다는 소문이 퍼지게 되어 비밀리에 조사하려던 원래 취지가 무색해지고 말 터이다.

또한 그 사실이 단유천 귀에 들어가게 되면 도망가라고 일부러 알려주는 꼴이 되고 만다.

이러지도 저러지도 못하는 상황에서 비한이 용케 생각해

낸 방법이 철화천궁 남경지부에 도움을 청하는 것이었다.

그런데 그것이 제대로 먹혔다. 철화궁은 중원에서 손대지 않은 사업이 없는데, 그중에서도 곡물과 소금, 광물, 염료, 향신료, 보석 등은 구 할 이상을 장악하고 있었다.

그 말은 곧 남경성 내 쌀집 구 할 이상이 철화궁에 속해 있다는 뜻이다.

철화궁 휘하에는 천하오십세가 있으며, 남경을 담당하는 곳은 팔세(八世)다.

철화팔세라고 불리는 이곳은 철화천궁 휘하인 남경지부가 관리 감독하고 있으며 팔백여 명의 일급고수와 이천오백여 명의 무사들을 보유하고 있다.

비한이 철화천궁 남경지부를 찾아가서 총당주를 만나 사정 얘기를 하자 총당주는 만사 제쳐두고 직접 앞장서서 불과 반나절 만에 남경성 내 쌀집 이백 곳에 대한 조사를 마칠 수 있었다.

*　　*　　*

태무랑과 소천군 사이에는 모종의 협약이 있었다.

예전에 소천군의 손녀인 소아상은 여행 중에 납치되어 무창 무극신련 내 지하뇌옥에 감금되어 무완롱이 될 신세에 놓여 있다가 나중에 극적으로 풀려났었다.

　소천군은 그 일에 대해서 무극신련에 보복을 하는 대신 그 권한을 전적으로 태무랑에게 일임했으며 그의 요구가 있을 경우에는 전폭적인 지원을 하겠다고 약속했었다.

　태무랑의 원한이 훨씬 더 깊고, 그가 기필코 무극신련에 복수를 할 것이라고 믿었기 때문이다.

　태무랑은 단유천과 사십오 명의 무극백절, 그리고 백 명의 천풍대 고수들을 자신들만의 힘으로는 제압할 수 없다고 판단하여 항주 절정문에 도움을 청하는 전서구를 날렸다.

　밤 해시(10시).

　태무랑은 남경성 북쪽에 있는 현무호 동남쪽 태평문(太平門) 밖에 집결해 있는 고수들을 발견하고 가볍게 놀랐다.

　그는 절정문 고수들만 올 것이라고 예상했었는데, 거기에는 뜻밖에도 철화천궁 고수들, 즉 벽교상과 그녀가 이끄는 철화군단까지 운집해 있었다.

　소천군은 사손인 가빈과 절정문 고수 이백 명을 직접 이끌고 왔다.

　지난번 진진하 싸움 때 그는 백 명을 이끌고 왔는데 이번에는 그 두 배다.

　철화군단은 진진하에서 무극백절과의 싸움 때 큰 피해를

입었는데, 대기하고 있던 예비고수들을 대거 철화군단으로 편입시켜서 원래의 천 명이 되었다. 그리고 그들을 이끌고 온 사람은 벽교상이다.

불과 며칠 동안 떨어져 있었을 뿐인데 태무랑을 바라보는 벽교상의 두 눈과 얼굴에는 반가움이 가득했다.

하지만 지금은 회포를 풀면서 사사로운 대화를 나눌 때가 아니다.

이들이 있는 곳은 현무호 서쪽이다. 현무호 서남쪽에는 단유천 일당이 은둔해 있는 남경성주의 장원이 위치해 있다. 지금은 긴장해야 할 때인 것이다.

태무랑과 비한, 벽교상, 소천군, 가빈 다섯 사람이 호숫가에 모여서 호수 건너편에 있는 남경성주의 장원을 응시하면서 대화를 하고 있다.

[어떻게 할까요?]

모두의 시선이 장원으로 향해 있는 상황에서 태무랑이 전음으로 말했지만 그것이 소천군에게 한 말이라는 것을 모두 알고 있다.

[네 머릿속에 이미 계획이 있는 것이 아니냐?]

태무랑은 빙그레 미소 지었다.

[그렇기는 합니다만…….]

[그럼 그대로 하자꾸나.]

[무조건 찬성이에요.]

묻지도 않았는데 벽교상이 말하면서 슬쩍 가슴을 태무랑 팔에 밀착시켰다.

진진하 싸움에서 암기에 관통당하여 참혹하게 뻥 뚫렸던 뺨에는 정겨운 미소가 떠올라 있다.

태무랑이 남경성주의 장원에서 시선을 거두고 소천군을 보며 물었다.

[할아버님, 절정문 고수들 실력은 어느 정도입니까?]

소천군은 빙그레 미소 지었다.

[무극백절보다는 조금 나은 편이다.]

태무랑이 자신에게 점점 더 가슴을 바짝 밀착시키고 있는 벽교상을 돌아보자 그녀는 뺨을 그의 어깨에 비비면서 속삭이듯 말했다.

[철화군단 실력이야 낭랑이 잘 알고 계시잖아요?]

태무랑에게만 들리도록 한 전음은 듣기만 해도 몸이 오글거리는 콧소리였다.

그는 고개를 끄덕이고 나서 모두가 듣도록 전음을 보냈다.

[철화군단은 장원 밖을 철저하게 포위하고, 우리와 절정문 고수 이백 명은 장원 안을 급습합니다.]

그는 중인을 한차례 둘러본 후에 소천군에게 시선을 고정시키고 공손히 말을 이었다.

[그전에 제가 먼저 잠입해서 놈들이 있는 정확한 위치를 알아내겠습니다.]

[소녀도 같이 갈래요.]

벽교상이 태무랑의 팔에 매달리면서 몸을 흔들며 귀엽게 앙탈을 부렸다.

태무랑과 벽교상은 장원에 잠입하여 반 각도 지나기 전에 단유천 일당이 있는 곳을 알아냈다.

벽교상이 장원 내를 순찰하는 군사를 제압하여 문초했으나 그자는 아무것도 알고 있지 못했다.

단유천 일당은커녕 장원 내에 다른 사람들이 있다는 것조차도 모르고 있었다.

다만 장원 내에 오래전부터 비어 있는 전각이 세 채 있으며, 그곳에 절대 접근하지 말라는 남경성주의 엄명이 얼마 전에 내려졌었다고 실토했다.

태무랑과 벽교상은 그 세 채의 전각을 살펴보고 그곳에 무극백절들과 천풍대 고수들이 기거하고 있는 것을 직접 눈으로 확인했다.

한 채의 전각에는 무극백절들이, 그리고 다른 두 채에는 천풍대 고수 백 명이 묵고 있었다.

태무랑은 단유천이 당연히 무극백절들과 함께 있을 것이

라고 추측했다.

임시(壬時:밤 11시). 태무랑과 벽교상, 소천군, 비한, 가빈과 이백 명의 절정문 고수들은 세 채의 전각을 나누어서 일제히 급습을 개시했다.

이층으로 이루어진 꽤 큰 전각 전체에는 대략 육십여 개의 방이 있으며, 무극백절들은 각자의 방이나 편좌방에서 휴식을 취하고 있었다.

태무랑 등은 일체의 기척도 내지 않고 전각 안으로 그림자처럼 스며들었다.

태무랑의 목적은 두말할 것도 없이 오로지 하나다. 단유천을 제압하거나 죽이는 것이다.

하지만 지금 상황에서는 그가 어디에 있는지 모르기 때문에 그를 찾으려고 시간을 지체하는 것보다는 일단 공격하고 혼란한 와중에 방에서 튀어나오는 그를 잡는 쪽이 수월할 것 같았다.

[공격!]

태무랑은 어느 무극백절의 문 앞에서 뛰어들어 갈 준비를 마치고 공격 명령을 내렸다. 그의 전음은 일성만파(一聲萬波)의 특수한 수법이므로 자신이 원하는 사람에겐 모두 같은 순간에 들린다.

우지끈! 와장창!

한순간 문이나 창이 박살 나면서 태무랑과 벽교상, 소천군, 비한, 가빈과 백오십 명 절정문 고수들이 일제히 안으로 뛰어들었다.

일찍 잠자리에 들었거나 운공조식, 혹은 동료들과 술잔을 기울이고 있던 무극백절들은 놀라서 다급하게 반격하려고 했으나 이미 늦었다.

무극백절 한 명 당 절정문 고수 세 명이 공격을 퍼붓고 있으니 급습이 아니라고 해도 무극백절로서는 당해낼 재간이 없는 상황이다.

"후우……."

두 시진 동안의 운공조식을 끝낸 단유천은 눈을 뜨면서 긴 한숨을 토해냈다.

그는 진진하 싸움에서 입은 부상에서 회복하기 위하여 실로 눈물겨운 노력을 쏟고 있다.

하지만 부상이 너무 심했던 탓에 노력을 쏟는 것만큼 빠른 회복을 보이지 않았다.

그렇더라도 일반적인 다른 고수들에 비해서는 두 배 이상의 회복세를 보이고 있다.

그의 몸이 워낙 건강한데다 공력이 심후하고 또 회복을 위해서 무진 애를 쓰고 있기 때문이다.

그렇지만 왼팔은 여전히 사용할 수가 없다. 아무리 기를 써도 손가락 하나조차 움직여지지 않았다.

석대 위에 가부좌로 앉은 단유천이 다시 운공조식을 하려고 눈을 감자 옆에서 지켜보고 있던 천풍대주 한상이 조심스럽게 만류했다.

"이제 그만 쉬십시오. 너무 무리하셔도 좋지 않습니다."

"그럴까?"

단유천이 석대에서 내려오는 것을 한상이 부축했다. 그러자 단유천의 왼팔이 제멋대로 덜렁거렸다. 왼쪽 어깨가 완전히 박살 났기 때문이다.

그는 착잡한 표정으로 자신의 왼팔을 쳐다보았다. 운공조식으로 허리의 상처는 회복된다고 해도 불구가 된 왼팔은 결코 다시 사용할 수 없을 것이라는 생각 때문에 마음이 새삼 착잡해졌다.

그는 왼팔이 덜렁거리지 않도록 옷소매 끝을 허리춤에 단단히 고정시킨 후에 한상의 부축을 받아 걸음을 옮겼다.

이곳은 전각 지하에 있는 석실이다. 단유천은 자신의 방에서 운공조식을 할 수도 있지만 아무의 방해도 받고 싶지 않고 또 이런 곳에서 운공조식을 해야 더 깊이 심취할 수 있기 때문에 이곳으로 내려온 것이다.

스릉.

석문이 열리고 두 사람은 통로를 따라 걷다가 막다른 곳에서 위로 뻗은 계단을 따라 올라갔다.

몇 걸음 걷는 것도 힘든 단유천에게 계단을 오르는 것은 고문보다 더 힘겨웠다. 한상의 부축이 없으면 한 계단도 오르지 못할 것이다.

예전 같으면 한달음에 달려 올라갈 계단이 단유천에겐 지옥으로 향한 계단처럼 길고도 고통스러웠다.

한상은 그를 업을 수 있으나 그럴 경우 그의 자존심이 상처를 입을까 봐 그렇게 하지 않았다.

"잠깐 여기 계십시오."

계단 꼭대기에 오르자 한상은 단유천을 조심스럽게 벽에 기대놓고 서너 걸음 거리에 있는 석문으로 갔다. 석문을 두 손으로 힘을 주어 열어야 하기 때문이다.

그르…….

한상이 힘을 주자 석문이 묵직하게 열리기 시작했다.

때마침 석문 밖에서 쩌렁쩌렁한 외침이 터졌다.

"단유천은 어디에 있느냐? 모두 흩어져서 그놈을 찾아라!"

"……!"

한상은 움찔 놀라 급히 단유천을 쳐다보았다.

단유천도 방금 그 외침을 들었기에 크게 놀라는 표정을 짓고 있었다.

그는 그것이 누구의 외침인지 듣는 순간 알았다. 꿈에서조차 잊을 수 없는 태무랑의 목소리였다.

그런데 태무랑의 외침을 듣는 순간 단유천은 분노나 원한보다는 공포가 엄습하는 것을 어쩌지 못했다. 또한 진진하 싸움에서의 그 처절했던 순간이 머릿속에 가득 떠오르며 자신도 모르게 몸을 부르르 떨었다.

그리고는 자신이 태무랑에게 공포를 느끼고 있다는 사실을 뒤늦게 깨닫고 지독한 수치심을 느꼈다.

[주군, 피해야겠습니다. 적안혈귀와 소천군, 철화빙선 등이 급습을 한 것 같습니다.]

약간 열린 석문을 통해서 밖의 동향을 살피던 한상이 서둘러서 다시 석문을 닫고 돌아서 단유천에게 다가오며 다급하게 전음을 보냈다.

석문 밖은 커다란 서가(書架)들이 가로막고 있어서 밖에서는 보이지 않는다.

하지만 샅샅이 뒤지다 보면 머지않아서 이곳도 발각되고 말 것이므로 결코 안전한 장소가 아니다.

소천군과 철화빙선이 왔다면 필경 절정문 고수들과 철화군단을 이끌고 왔을 것이라고 단유천은 생각했다.

그렇다면 사십사 명의 무극백절들과 천풍대는 그들의 상

대가 되지 못할 것이다. 안타깝지만 모두 전멸했거나 곧 전멸할 것이라고 봐야 한다.

또한 태무랑 등이 이곳 지하석실을 찾아내는 것은 시간문제다. 그렇게 되면 단유천은 독 안에 갇힌 쥐 신세다. 이번에야말로 꼼짝 못하고 죽을 수밖에 없는 절박한 상황이다.

[속하가 주군을 업겠습니다.]

단유천이 절망에 빠져 있을 때 한상이 다짜고짜 그를 업고 계단 아래로 나는 듯이 쏘아 내려갔다.

[어딜 가는 것이냐?]

[지하통로 끝에 외부로 탈출할 수 있는 암로(暗路)가 있다고 남경성주가 일러주었습니다.]

단유천은 그런 사실을 전혀 모르고 있었다. 하지만 한상은 만약의 사태에 대비하여 사전에 주도면밀하게 탈출로까지 자세히 알아두었던 것이다.

수백 장 길이의 긴 지하암로가 끝나는 곳은 서호 호숫가의 갈대가 우거진 낭떠러지 아래였다.

입구는 협소했고 여러 종류의 덩굴이 휘감겨 있어서 밖에서는 절대 눈에 띄지 않을 것 같았다.

지하암로가 끝나는 곳에는 한 척의 작은 나룻배가 묶여져 있었고, 한상은 나룻배의 납작하고 작은 움막 안에 단유천을 감추고 자신이 노를 저어 무성한 갈대를 헤치면서 천천히 호수로 나아갔다.

끼이… 삐이꺽…….

그는 노를 저으면서 주위를 둘러보다가 한곳에 시선을 고정시켰다.

그들이 있는 곳에서 삼백여 장쯤 떨어진 곳인데 언덕 위에 한 채의 장원이 위치해 있었다.

조금 전까지만 해도 단유천과 한상 등이 머물고 있었던 남경성주의 장원이다.

눈에 보이지는 않지만, 지금 저 안에서는 처참한 살육이 전개되고 있을 터이다.

나룻배는 캄캄한 어둠 속으로 천천히 잔잔한 수면을 가르면서 호수 맞은편을 향해서 나아갔다.

태무랑 등의 급습은 성공했으나 또한 실패했다.

사십사 명의 무극백절과 천풍대 고수 구십구 명을 죽이기는 했으나, 단유천과 한 명의 무극백절, 그리고 천풍대주를 놓치고 말았다. 절반의 성공이지만 태무랑으로서는 전부 실패한 것이다.

태무랑은 무극백절 마지막 한 명을 죽이기 전에 심문을 하여 이곳에 없는 무극백절이 사 위 철기라는 자이며, 단유천과 함께 있던 자가 천풍대주 한상이라는 사실을 알아낼 수 있었다.

또한 급습할 당시에 철기는 이곳에 없었지만 단유천과 한상이 지하석실에 있었다는 사실도 알아냈다.

그래서 그와 벽교상이 잠시 후에 지하석실을 찾아냈으며, 그곳에 지하암로가 있는 것도 발견했다.

쏴아아…….

태무랑과 벽교상이 지하암로를 통해서 밖으로 쏘아 나오자 갈대가 바람에 나부끼는 소리가 들렸고 눈앞이 탁 트이면서 드넓은 서호가 나타났다.

재빨리 주위를 둘러보면서 동시에 청력을 돋우었으나 사람의 그림자도 보이지 않았고 바람 소리와 갈대 스치는 소리 외에는 아무것도 감지되지 않았다.

문득 태무랑의 시선이 한곳에 멈추었다. 지하암로 출구인데 그곳의 갈대가 부러져서 양쪽으로 쓰러져 있었으며 그것이 호수까지 이어져 있었다.

한눈에도 지하암로에서 배가 나와 호수로 향했다는 것을 알 수가 있다.

태무랑은 갈대숲에 일직선으로 나 있는 배가 지나간 흔적을 보면서 잠시 생각했다.

그 당시에 자신이 단유천 입장이라면 어떻게 했을 것인가를 생각하는 것이다.

이어서 그는 왼쪽의 남경성주 장원과 그 반대쪽인 호수 건너편을 번갈아 쳐다보았다.

'단유천은 부상에서 회복되지 않았을 것이다.'

그렇다면 천풍대주 한상이라는 자가 단유천을 업었을 것이고 나룻배의 노를 저었을 것이다.

또한 그가 어디로 갈 것인지 결정했을 것이다. 남경에서 남경성주의 장원 외에는 갈 곳이 없는 그들이 대체 어디로 갔을 것인가.

태무랑은 안력을 돋우어 남경성주 장원에서 반대쪽인 호수 건너편을 뚫어지게 쏘아보았다.

캄캄한 어둠 속이고 서호 맞은편까지의 거리가 오 리에 달했지만 잠시 후에 그의 눈에 흐릿하게 뭔가가 보였다.

눈을 좁히고 안력을 더 돋우자 그의 시야에 한 척의 작은 나룻배의 모습이 들어왔다.

그리고 누군가 한 명이 선 채 부지런히 노를 젓고 있는 모습이 희미하게 보였다. 그는 그자가 천풍대주 한상일 것이라고 단정했다.

"상아, 저기다."

태무랑이 나직이 외치면서 나룻배를 향해 쏘아가자 주위를 두리번거리고 있던 벽교상은 깜짝 놀라서 급히 그의 뒤를 따랐다.

차악!

태무랑은 막상 호수로 쏘아갔으나 십오륙 장쯤 나아가다가 추락하고 말았다. 그는 아직 물 위를 달리는 경공을 펼치지 못한다.

탁!

그때 벽교상이 그의 팔을 잡고는 비스듬히 허공으로 솟구쳐 오르다가 손을 놓으며 생긋 미소 지었다.

[소녀를 꼭 잡으세요, 낭랑.]

태무랑은 즉시 왼팔로 그녀의 허리를 안았다. 그러자 그녀가 그의 손을 잡아 슬며시 자신의 소중한 부위에 갖다 댔다.

그는 벽교상이 수면 위 이십여 장 허공에서 비행을 하면서도 그런 장난을 할 여유가 있다는 사실이 적이 놀라웠다. 또한 그녀에 비하면 자신은 아직 멀었다는 생각이 들었다.

[그놈들이죠?]

벽교상이 까마득한 저 아래 나룻배를 보면서 냉랭하게 말하고는 새빨간 혀로 그보다 더 빨간 입술을 핥았다.

벽교상이 아무리 빠르게 비행을 했다고 해도 오 리 거리를 단숨에 도달할 수는 없었다.

그녀가 태무랑과 함께 맞은편 호숫가에 사뿐히 내려섰을

때에는 그곳에 있는 빈 나룻배가 물결에 흔들리면서 그들을 맞이할 뿐이었다. 물론 단유천과 한상의 모습은 어디에서도 보이지 않았다.

그곳 호숫가에는 수백 채의 주루와 기루, 다루들이 빼곡하게 줄지어 늘어서 있었으며 영업이 끝난 상태라서 모두 불이 꺼져 있었다. 그곳은 남경 최고의 유흥가인 현무가흥로(玄武佳興路)였다.

한밤중의 괴괴한 적막과 어둠이 깔려 있는 거리에 들어선 태무랑과 벽교상의 얼굴에 암담함이 떠올랐다.

단유천과 한상이 저 수백 채의 건물들 중에 어느 곳에 숨어 들었다면 찾아낼 방법이 없다. 그것은 백사장에서 바늘 하나를 찾아내는 것이나 다를 바 없는 일이다.

[어떻게 하죠?]

벽교상은 착잡한 표정으로 태무랑을 쳐다보았다.

휘익!

태무랑은 가장 가까운 곳에 있는 어느 기루 이층으로 쏘아 가며 짧게 대꾸했다.

[찾아야지.]

날이 밝고 수백 채의 건물에서 사람들이 쏟아져 나오면 찾는 것이 더 어려워질 것이다.

태무랑은 필사적이다. 지금 여기에서 단유천을 찾지 못한다면 앞으로 그를 잡을 수 있는 기회가 영원히 없을 것 같은 불길한 예감이 들었다.

결국 그는 동이 틀 때까지도 단유천을 찾지 못했다. 그가 그때까지 살펴본 건물은 백여 채 정도였고 살펴보지 못한 건물이 삼백여 채에 달했다.

그와 벽교상이 남경성주 장원 밖의 미리 약속했던 장소에 이르자 소천군과 가빈, 비한 등이 기다리고 있었다. 절정문 고수들과 철화군단은 숲 속에 은신해 있으므로 한 명도 보이지 않았다.

이번 급습으로 무극백절 사십사 명과 천풍대는 대주 한상을 제외한 구십구 명 모두를 죽였으나 절정문과 철화군단은 단 한 명도 피해를 입지 않았다. 완승이다. 하지만 태무랑에겐 실패의 기억으로 남을 것이다.

태무랑은 벽교상에게 소천군과 가빈, 그리고 절정문 고수들을 철화천궁 남경지부로 데리고 가서 접대하라 일러두었다.

그리고 비한에겐 남경성 내에서 남경성주와 조금이라도 관련이 있는 곳들을 조사해 달라고 부탁했다.

남경성주가 무슨 이유로 단유천에게 머물 장소를 제공한 것인지는 모르지만, 도주한 단유천이 남경에서 유일하게 의

지할 수 있는 사람은 남경성주뿐일 것이라는 추측에서다.

남경성주 장원에서의 단유천 일당 습격은 극히 조용하게 진행되었고 또 끝났다. 세 채의 전각 안에서 무극백절 사십사 명과 천풍대 고수 구십구 명이 죽은 것에 대해서 외부에서는 일체 알지 못했다.

그리고 시체들을 밖으로 옮겨서 처리했으며 싸운 흔적들을 깔끔하게 치웠기 때문에 그곳에서 싸움이 벌어졌고 사람들이 떼죽음을 당했다는 사실을 남경성주는 단유천을 만나기 전까지는 알지 못할 것이다.

태무랑이 장강에 떠 있는 자신의 배로 돌아왔을 때 하나의 작은 사건이 그를 기다리고 있었다.

천자필사가 탈출을 시도하다가 실패한 일이 벌어졌다. 그녀는 감시가 소홀한 틈을 타서 배 뒤쪽에 묶여 있는 나룻배를 타고 포구로 가려다가 채 십여 장도 가지 못하고 형구에게 발각됐다.

형구가 헤엄쳐서 뒤쫓자 천자필사는 당황한 나머지 강물로 뛰어들었다가 헤엄도 쳐보지 못하고 물속으로 가라앉아 익사할 뻔한 것을 형구가 구해주었다.

형구는 그녀를 데려다가 뱃전에 아무렇게나 내던져 놓고는 두 번 다시 쳐다보지 않았다.

그녀가 너무 추악하게 생겨서 손을 대서 살리고 싶은 마음
이 전혀 없었기 때문이다.

그녀는 일각 동안 방치되어 있다가 운공조식을 끝내고 밖
으로 나온 우경도에게 우연히 발견되었다.

그는 형구하고는 전혀 다른 성격의 소유자다. 자신이 알고
있는 누군가가 눈앞에서 죽어가고 있는 것을 절대로 보지 못
하는 사람이다.

그래서 그가 전력을 다해서 소생술을 발휘하여 천자필사
를 살려놓았고, 이후 그녀를 안아다가 옥령이 누워 있는 방에
눕혀놓았다.

형구가 천자필사를 구해서 갑판에 패대기 쳐놓았을 때 그
녀는 아직 정신이 남아 있었다.

다만 물을 너무 많이 먹어서 기도와 폐에 물이 차 있는 상
태였었다.

그리고 그녀는 자신의 모습이 너무 추악하기 때문에 형구
가 손을 대서 살리려고 하지 않는다는 것을 짐작했다.

그녀는 자신이 죽어가고 있다는 것을 짐작했다. 그래서 비
참하게 사느니 이대로 죽는 것도 좋다고 생각했다.

그리고 정신이 점점 가물거리며 흐려지기 시작할 때 그녀
의 마음이 바뀌기 시작했다.

지금까지는 그다지 중요하게 생각하지 않았던 자신의 생명에 대해서 생각하게 되었다.

생명이란 누구에게나 소중한 것이다. 아름다운 사람의 삶은 살 가치가 있고 추악한 사람의 목숨은 하찮은 것이 아니라는 생각이 들었다.

다시는 과거의 눈부신 천자필사로 돌아가지 못하게 되더라도, 그녀에겐 또 다른 삶이 기다리고 있다는 사실을 깨달았다. 천자필사의 삶이 있었다면, 태무랑의 하녀로서의 삶도 존재할 것이다.

그리고 그녀는 깨달았다. 나는 하나의 세계(世界)이며 우주(宇宙)다. 실제의 세계와 우주는 어마어마하게 크지만, 나의 세계와 우주는 그것보다 더 크다.

그러므로 나의 세계와 우주가 소멸하면, 실제의 세계와 우주도 함께 소멸하는 것이다.

또한 실제의 세계와 우주가 소멸해도 나의 세계와 우주 역시 소멸할 터이다. 그것은 나(我)와 세계와 우주가 하나임을 증명하는 것이다.

그녀가 마지막 한 가닥 정신이 남아 있을 때 문득 어떤 문구가 생각이 났다.

─진달래가 지면 세상이 끝나는 줄 알았더니, 때가 되면 철

쭉꽃이 피더라. 그것이 세상의 이치다.

그리고 그녀는 죽는 것이 너무나 소름끼치도록 싫어서 발버둥 치다가 정신을 잃었다. 물론 몸이 아니라 정신으로 발버둥을 친 것이다.

그녀가 다시 정신을 차렸을 때 누군가 그녀의 가슴을 억세게 압박을 하면서 입맞춤을 하고 있는 중이었다. 아니, 입을 통해서 공기를 불어넣어 주고 있었다.

그녀가 눈을 떴을 때 가장 먼저 본 것은 우경도가 비지땀을 흘리면서 그녀의 가슴을 압박하면서 동시에 입맞춤을 하고 있는 모습이었다.

그녀는 우경도의 얼굴, 아니, 표정에서 그의 진정성을 발견했다. 그리고 그것은 그녀가 살아야 할 목적이 되었다.

우경도가 이처럼 열성을 다해서 살리려고 하는 생명이므로 그에 걸맞게 열심히 살아주어야 한다는 생각이 들었다.

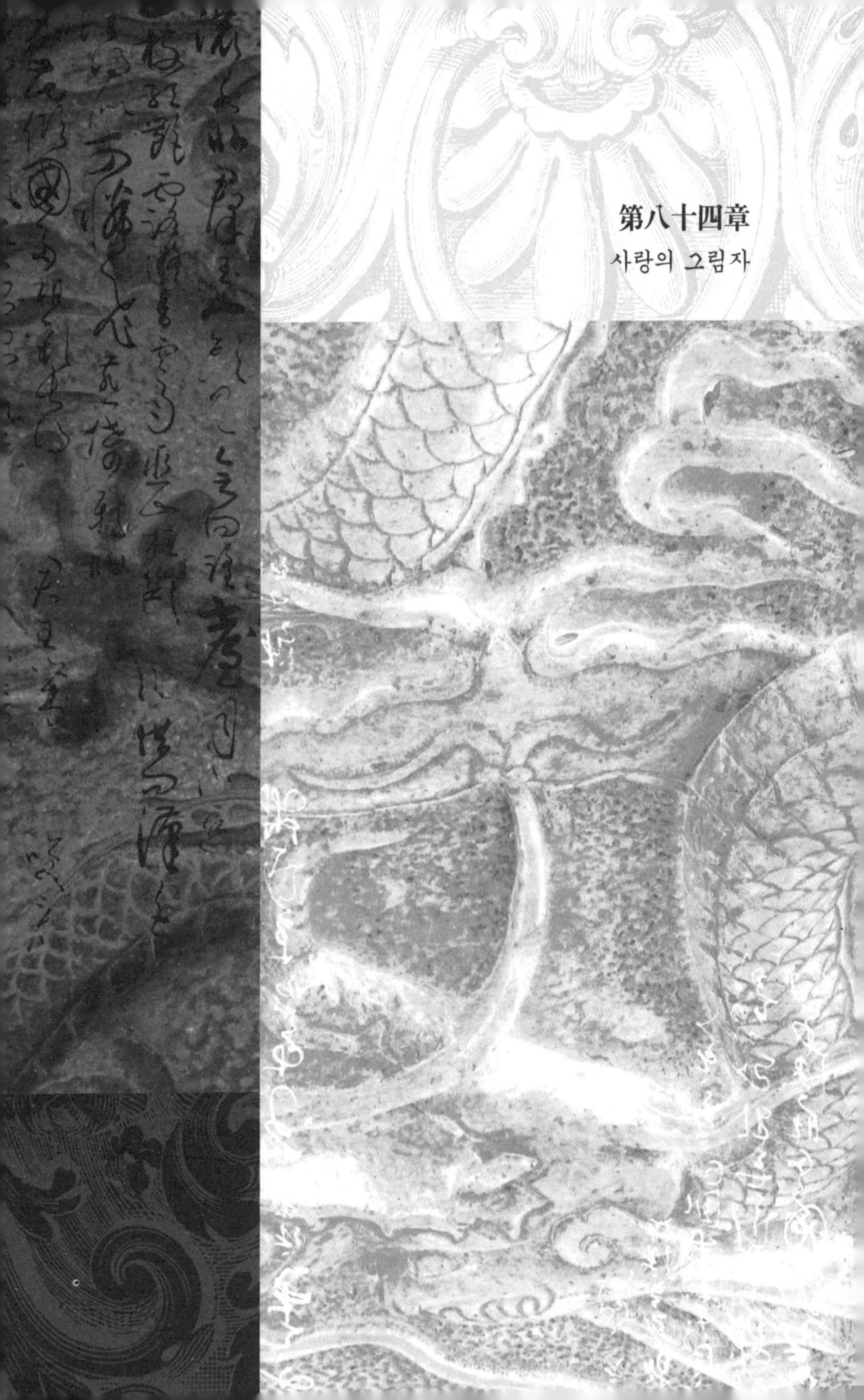
第八十四章
사랑의 그림자

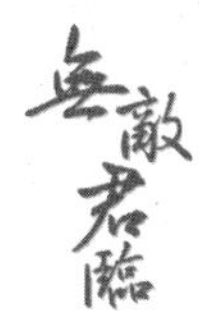

　다음 날 저녁 무렵에 태무랑이 혼자 철화천궁 남경지부로 찾아갔을 때 소천군과 가빈, 이백 명의 절정문 고수들은 이미 떠나고 난 후였다.

　소천군은 자신들이 남경에서 더 이상 할 일이 없으며, 항주 절정문에 급한 볼일이 있어서 돌아간다는 말을 벽교상에게 남겨두었다고 한다.

　하지만 태무랑은 그들이, 아니, 소천군이 왜 돌아갔는지 짐작할 수 있다. 소천군은 태무랑에게 부담을 주고 싶지 않았을 것이다.

　태무랑이 무령왕가에서 기거하고 있으면 소천군 등도 그
곳에 머물면서 예전처럼 화기애애하게 한때를 보낼 수도 있
을 것이다.

　하지만 태무랑이 무령왕가를 나와 있는 상황이기 때문에
소천군이 남경에 남아 있는 것은 그에게 부담을 주는 것이라
고 생각했을 것이 분명하다.

　그렇다고 남의 집이나 다름없는 철화천궁 남경지부에 머
물고 있는 것도 천하제일인 소천군으로서는 우스운 모양새가
아닐 수 없다.

　태무랑은 소천군이 남경을 떠났다는 사실을 알고 매우 허
전함을 느꼈다. 태무랑에게 소천군은 또 다른 의미의 가족이
기 때문이다.

　그에게 수월화가 한 몸 같은 존재라면, 소천군은 기둥이고
지붕 같은 존재라고 할 수 있다. 즉, 태무랑을 지탱해 주는 존
재다.

　벽교상은 태무랑을 위해서 술상을 마련했고, 마음이 허전
해진 그는 거절하지 않고 술을 마셨다.

　술자리에는 네 사람이 참석했다. 태무랑과 벽교상, 그리고
경뢰궁주의 제자인 청미와 경뢰궁주의 심복인 남경지부 총당
주 냉건(冷乾)이다.

　경뢰궁주의 처참한 죽음으로 태무랑과 벽교상은 큰 충격

과 슬픔을 맛보았었다.

두 사람 중 더 크게 슬퍼한 사람은 물론 경뢰궁주와 더 가까웠던 태무랑일 것이다.

하지만 그의 슬픔도 경뢰궁주의 제자인 청미와 심복인 냉건하고는 비교할 수가 없었다.

네 사람은 술을 마시는 내내 우울했고 슬픔에 잠겨 있었다.

그러면서 그들은 경뢰궁주와의 추억을 얘기했으며 그녀가 자신들에게 얼마나 소중한 존재였는지를 거듭 반추하며 그녀를 그리워했다.

그 자리에서 벽교상은 총당주 냉건을 남경지부주로 승급시켰으며 '무적궁주(無敵宮主)' 라는 호칭을 내려주었다.

그리고 어째서 '무적궁주' 라는 호칭을 지었는지에 대해서도 설명했다.

철화천궁 남경지부는 앞으로 태무랑의 명령이 있을 때에는 모든 것에 앞서 그의 명령에 복종하라는 뜻이다. 즉, 남경지부는 벽교상의 수하이되 또한 태무랑, 즉 무적신룡의 수하인 것이다.

그다음에 벽교상은 청미를 철화천궁 본궁으로 데려가겠다고 했다.

하지만 청미는 태무랑을 따라가면 안 되느냐고 벽교상에게 간곡하게 청했다.

　벽교상은 그 문제는 전적으로 태무랑의 결정에 맡기겠다고 했으며, 태무랑은 고민 끝에 완곡하게 거절했다.

　만약 그가 복수를 끝내고 제대로 자리를 잡은 상황이라면 얼마든지 청미를 데려갈 것이다.

　하지만 지금 그는 싸움 중이다. 그렇기 때문에 청미를 데리고 있는 것은 위험하다. 그녀가 제이의 경뢰궁주가 되지 말라고 장담할 수 없기 때문이다.

　청미는 경뢰궁주가 얼마나 태무랑을 좋아했는지를 눈물로 설명했으며, 자신도 그녀만큼 태무랑을 좋아하고 있다면서 나중에는 그의 발 앞에 무릎을 꿇고 머리를 조아리며 거두어 달라고 애원을 했다.

　그래서 태무랑은 단유천을 죽이고 모든 일이 수습되고 나면 반드시 부르겠다고 약속을 하고서야 청미를 겨우 달랠 수 있었다.

　그동안 벽교상은 참 많이 변했다. 태무랑이 처음에 만났을 때 느꼈던 벽교상과 지금의 그녀는 전혀 다른 사람처럼 여겨질 정도다.

　예전의 벽교상이 지금의 벽교상으로 변하는 큰 전환기는 두 번이었다.

　첫 번째는 화상으로 추악하게 일그러진 그녀의 얼굴과 몸을 태무랑이 말끔하게 치료해 주었을 때고, 두 번째는 진진하 싸움에서 그녀가 태무랑을 살리려다가 뺨에 암기를 맞고 죽어가는 것을 태무랑이 살려주었을 때였다.

두 번의 전환기 다 태무랑이 원인이었고 또한 그가 그녀를 살려주었다.

예전의 벽교상은 기분 내키는 대로 마구 행동을 했었으며 감정의 기복이 매우 컸었는데, 지금은 그런 모습이 전혀 보이지 않았다.

지금 그녀는 행동보다는 생각을 많이 하고, 자신보다는 주위 사람을 더 많이 배려하게 되었다. 그러다 보니까 예전처럼 흐트러진 자세가 아니라 언제나 다소곳한 자세를 유지하고 있는 모습이다.

변한 것은 그녀만이 아니다. 태무랑 역시 그녀에 대한 인식이 많이 달라졌다.

그녀가 초창기에 태무랑에게 무조건 적대적이었을 때에는 그 역시 적대적으로 대했었다.

또한 화상 치료 이후 그녀가 자신의 순결을 파괴했다면서 맹목적으로 사랑을 요구할 때에 태무랑은 불에 덴 것처럼 그녀를 기피했었다.

하지만 진진하 싸움에서 그녀가 자신의 목숨을 도외시하면서까지 태무랑을 구하려고 한 이후부터 그는 그녀에게 뭐라고 표현하기 어려운 진한 감정을 느끼고 있다.

그 감정을 남녀 간의 애정이라고 말할 수는 없지만 그렇지 않다고 잘라서 말할 수도 없는 묘한 것이다. 어쨌든 그녀가 여자로 느껴지는 것은 분명한 사실이다.

태무랑은 몹시 취해서 잠자리에 누웠다. 기분이 매우 우울하고 착잡해서 과음을 했으며, 구태여 취기를 없애 버리고 싶지 않았다.

그는 똑바로 누워서 천장을 물끄러미 바라보았다. 죽은 경뢰궁주와 무령왕가에 두고 온 수월화, 누이동생 태화연, 무령왕 부부 등 그와 가까운 사람들의 모습이 천장에 차례로 나타났다가 사라졌다.

한동안 이것저것 떠오르는 대로 생각하던 그는 이윽고 눈을 감고 잠을 청했다.

사륵…….

그때 누군가 방에 들어오는 미약한 소리가 나서 그는 눈을 뜨고 문 쪽을 쳐다보았다.

그의 시야에 잠자리날개처럼 얇은 나삼을 입은 벽교상이 나삼 자락을 바닥에 끌면서 미끄러지듯이 침상으로 다가오고 있는 모습이 보였다.

스르…….

그런데 그가 어떤 반응을 보이기도 전에 벽교상은 침상 가에 이르러 걸치고 있던 나삼을 벗었다. 아니, 슬쩍 어깨를 흔들자 나삼이 바닥으로 흘러내렸다.

그러자 캄캄한 어둠 속인데도 벽교상의 몸 전체가 은은하게 빛났다. 마치 스스로 빛을 뿜어내는 하나의 발광체(發光體) 같았다.

태무랑은 순간적으로 놀란 표정을 지었다. 그녀에게 여기에 왜 왔느냐라든지 이게 무슨 짓이냐고 꾸짖는 것조차도 잊어버릴 정도다.

그녀의 나신이 너무도 눈부시게 아름다웠기 때문에 몽연한 표정으로 바라보았다.

아마 만취한 상태이기 때문에 그럴 것이다. 취기는 그의 정신력과 수양을 꽤 많이 마비시켰다.

"너……."

태무랑이 상체를 일으키면서 무슨 말을 하려고 하자 벽교상은 이불을 들추더니 옆으로 쏙 들어와 그의 품속으로 파고들었다.

"그냥 낭랑 옆에서 잘 수 있게만 해주세요. 그래도 되죠?"

"이 녀석이?"

"낭랑이 옆방에 계시다는 생각을 하니까 도저히 혼자서는 잠이 오지 않아요."

그녀는 팔로 그의 허리를 꼭 안으면서 자신의 몸을 바짝 밀착시키며 꿈틀거렸다.

그녀가 품에 안긴 채 가만히 있자 태무랑은 다시 눈을 감고 잠을 청했다.

"불공평해요."

그런데 그녀가 태무랑의 귀밑에 입술을 대고 작은 소리로 종알거렸다.

"소녀는 옷을 다 벗었는데 낭랑은 입고 있는 것이 불공평해요. 그러니까 낭랑도 벗어요."

"이놈……."

"그냥 가만히 계세요. 소녀가 벗겨 드릴 테니까요. 하지만 맹세코 다른 이유는 없어요. 소녀는 낭랑을 꼭 안고 잠만 잘 거예요."

그러더니 그녀는 발딱 일어나 앉아서 태무랑의 옷을 하나씩 벗기기 시작했다.

태무랑은 그녀가 하는 대로 내버려 두었다. 듣고 보니까 그녀의 말에도 일리가 있는 것 같았다.

그녀는 알몸인데 자신은 옷을 입고 있어서 맨살에 옷이 닿으니까 거북살스러울 수 있다. 그리고 그녀는 그냥 꼭 안고 자기만 하겠다고 약속했다.

이것 역시 태무랑이 만취하지 않았으면 생각할 수도 일어날 수도 없는 일이다.

잠시 후에 태무랑의 옷을 다 벗긴 벽교상은 천장을 보고 똑바로 누운 그의 옆에 누워 팔베개를 하고 찰싹 달라붙은 채 정말 약속대로 아무 짓도 하지 않고 가만히 있으면서 조그맣게 속삭였다.

"안고 자기만 할 거예요. 소녀를 믿으세요."

"그래."

잠시 후 그녀의 숨소리가 새근새근 들리자 태무랑은 그녀가 잠들었다고 생각했다.

그런데 그의 턱밑에 소록소록 뿜어내는 그녀의 입김이 매우 뜨겁게 느껴졌다.

천하제일의 미모와 몸매를 지닌 벽교상이 알몸으로 품에 안겨 있는데도 아무런 욕정을 느끼지 않는다면 태무랑은 남자가 아닐 것이다.

사실 그는 지금 욕정을 느끼고 있다. 하지만 억제하지 못할 정도는 아니다.

이대로 눈을 감고 반 각 정도만 지나면 깊은 잠에 빠져들 수 있을 것이다.

그런데 벽교상은 그가 그냥 잠이 들도록 가만히 내버려 두지 않았다.

그로부터 열 호흡쯤 지났을 때 그의 가슴에 올려 있던 그녀의 손이 천천히 스르르 아래로 미끄러져 내렸다.

그러더니 힘껏 발기하여 솟아 있는 태무랑의 음경을 살며시 잡았다.

"하악!"

순간 그녀는 깜짝 놀라서 몸을 파르르 떨며 비명 같은 가쁜 숨을 토해냈다.

생전 처음 만져 보는 사내의 음경. 그것도 단단하게 커진 것이어서 순간적으로 자지러지게 놀란 것이다.

"이 녀석……."

태무랑이 꾸짖자 그녀는 숨을 할딱거리면서 얼굴을 그의 겨드랑이에 파묻었다.

"그냥 이렇게 하고 잘게요. 약속해요. 낭랑의 그것을 잡은 채 잠들고 싶어요. 네? 저 믿죠?"

"음……."

그녀의 고혹적이고 애원 어린 목소리에 태무랑은 낮은 신음을 흘리고 말았다.

그녀는 약속을 지켰다. 이후부터는 다른 행동을 하지 않은 채 그의 음경을 꼭 잡고만 있었다.

그러나 문제는 음경을 잡고 있는 그녀의 손이 가만히 있지 않는다는 사실이다.

계속 꼼지락거리면서 위아래를 만지작거리자 태무랑의 욕정은 견딜 만하던 것에서 도저히 참을 수 없는 지경까지 이르고 말았다.

더구나 그의 턱밑에서 벽교상의 숨소리가 점점 더 가빠지면서 색색거리는 것이 그의 욕정을 더욱 부채질했다.

스으…….

그때 갑자기 벽교상의 머리가 이불 속으로 스르르 미끄러져 들어갔다.

"헉!"

다음 순간 태무랑은 숨이 콱 막히는 짧은 신음을 터뜨렸다.

그리고 그 순간 그는 이성을 잃었다.

그는 벌떡 상체를 일으켰다가 벽교상을 잡아 눕힌 후에 거세게 찍어 눌렀다.

그러자 벽교상은 그의 가슴을 떠밀면서 바동거렸다.

"아… 낭랑 이러시면 안 돼요…… 소녀는 절대로 약속을 지켜야 해요……."

하지만 태무랑의 가슴을 떠미는 그녀의 두 손에는 조금도 힘이 실려 있지 않았다.

또한 두 눈은 기쁨과 흥분, 설렘으로 반짝였으며, 저절로 두 다리가 벌어지고 있었다.

*　　　*　　　*

다음날 정오 무렵에 태무량은 장강에 떠 있는 자신의 배로 돌아왔다.

그는 지난밤에 벽교상과 격렬한 정사를 나누었다. 그리고 아침에 눈을 떴을 때 그녀가 자신의 몸 위에 엎드린 채 자고 있는 귀여운 모습을 발견하고는, 솔직히 후회보다는 체념에 가까운 기분이 들었다.

그는 무슨 일이든 자신이 한 행동에 대해서는 후회를 하지 않는 성격이다.

그렇다고 잘못된 행동을 하고서 그것을 애써 합리화시키려고도 하지 않는다. 다만 그 행동에 따른 결과를 조용히 수습하려고 할 뿐이다.

그는 벽교상과의 정사가 그저 술김에 이루어졌다고 생각하지 않는다.

그가 제아무리 코가 비뚤어지도록 취한 상태라고 해도 상대가 마음에 들지 않으면, 아니, 애정을 느끼지 않는 여자라면 옆에 다가오지도 못하게 했을 것이다.

그러므로 그는 벽교상에게 애정을 느꼈다는 것이고, 또 자신의 행동에 대한 책임을 질 각오가 되어 있었다.

만약 수월화가 없었다면, 벽교상이 그를 위해서 목숨을 바치려고 했을 때 이미 그녀의 사랑을 받아들였을 것이다.

그런데 아침에 깨어난 벽교상은 그에게 부드럽게 입맞춤

을 하면서 뜻밖의 말을 했다.

"소녀는 아무런 욕심이 없어요. 낭랑의 부인이 되겠다거나 첩이 되겠다고 무리한 고집을 부리지 않을 거예요. 그래서 당신을 곤란하게 만들고 싶지 않아요."

"상아."

"대신 소녀의 한 가지 소원만 들어주세요."

"뭐냐?"

"죽을 때까지 소녀를 버리지 마세요. 그 약속이면 낭랑 곁에 있는 듯 없는 듯 그림자처럼 조용히 지낼게요."

태무랑은 벽교상을 한동안 응시하다가 그녀를 꼭 안으며 대답해 주었다.

"알았다."

"태 형, 옥령이 죽을 것 같네."

일층 선실에서 식사를 하며 우경도가 조용히 말했다.

태무랑은 아무런 반응 없이 묵묵히 식사를 했으나, 정작 옥령을 그 지경으로 만든 장본인인 형구는 움찔하더니 발작적으로 소리쳤다.

"그런 년은 돼지라고 내버려 둬!"

형구가 옥령을 두들겨 팬 지 오늘로 사흘이 지났다. 무공을 연마한 형구가 무공을 모두 잃어서 보통사람보다 더 연약한 옥령을 독한 마음을 품고 짓이겨 놓았으니 그녀가 죽는다고 해도 이상한 일은 아니다.

피투성이가 되어 다 죽어가는 옥령을 형구가 질질 끌어다가 그녀의 방 침상에 내던져 놓은 이후 아무도 들여다보지 않았었다.

같은 방을 사용하고 있는 천자필사가 가끔 옥령 곁에 다가가서 아직 숨이 붙어 있는지 확인하는 정도였다.

천자필사는 일을 끝내고 방에 있을 때에는 자신의 침상에 걸터앉아 물끄러미 옥령을 바라보기만 했다.

그즈음의 그녀는 옥령을 죽이고 싶다는 마음이 많이 사라져 있었다.

현재 옥령의 삶이 죽은 것보다 더 불행할 수도 있다는 생각이 들었기 때문이다.

하지만 천자필사는 옥령을 전혀 돌보지 않았다. 설사 그녀에게 옥령을 살릴 만한 재주가 있다고 해도 살리고 싶은 생각이 없었다.

태무랑에게 잘 보이려고 교태를 부리며 온갖 아양을 떠는 옥령을 용서하고 싶은 마음은 아직 생기지 않았다.

그러던 중에 어제 천자필사가 배에서 탈출하려다가 익사하여 죽어가고 있는 것을 우경도가 구해주었다. 이후 그녀를 안아서 방에 눕히는 과정에서 우경도는 옥령이 죽어가고 있는 것을 발견했던 것이다.

태무랑은 아무 말도 하지 않았고, 우경도 역시 더 이상 옥령에 대해서 말하지 않았다.

식사 후에 차를 마시면서 태무랑은 비로소 그동안 있었던 일들을 정리해서 형구와 우경도에게 설명해 주었다.

즉, 태무랑 자신과 벽교상, 소천군, 비한 등이 절정문 고수들과 철화군단을 이끌고 남경성주의 장원을 급습하여 무극백절들과 천풍대 고수들을 몰살시켰다는 것. 하지만 단유천을 놓쳤다는 사실들이다.

현재 비한은 군사들을 이끌고, 신풍개는 개방제자들과 함께 남경성 내 어딘가에 숨어 있을 단유천을 찾아내려고 샅샅이 뒤지고 있는 중이다.

"쥐새끼 같은 놈. 잡히기만 하면 모가지를 비틀어 죽여 버리겠다."

태무랑의 설명을 듣고 난 형구가 두 손으로 목을 비트는 시늉을 하며 내뱉었다.

그러나 차분한 우경도는 다른 것을 태무랑에게 물었다.

"무극백절 사 위라는 철기도 찾고 있는 건가?"

태무랑은 고개를 끄덕였다.

우경도는 탁자 위에 깍지 낀 두 손을 얹고 깊이 가라앉은 눈빛으로 태무랑을 응시했다.

“무극백절과 천풍대 고수들이 모두 한 곳에 모여 있는데 철기 혼자만 없다면 그자가 무슨 일을 꾸미고 있는 것인지도 모르겠군.”

“그렇겠지.”

“철기라는 자의 용모를 알고 있나?”

“이미 단유천 놈과 함께 전신을 만들어서 모두에게 나누어 주었네.”

“나도 하나 주게.”

태무랑은 자신이 갖고 있던 철기의 전신을 우경도에게 주었다. 그는 이미 숙지하고 있으므로 더 이상 전신이 필요하지 않았다.

그는 우경도가 진지한 표정으로 전신을 살펴보는 것을 보면서 식당을 나왔다.

그가 옥령이 죽을 것 같다는 우경도의 말이 생각난 것은 그로부터 두 시진이나 지난 후다.

두 시진 동안 그는 운공조식을 했고 벽교상과 비한, 신풍개로부터 각각 전서구를 받았다.

비한과 신풍개의 전서구가 갖고 온 서찰에는 별다른 내용이 없었다.

그러나 벽교상의 서찰에는 단 한 줄이지만 왠지 태무랑의 가슴을 훈훈하게 만드는 내용이 적혀 있었다.

죽도록 사랑해요.

그는 지금까지 세 여자와 정사를 가졌으며 그녀들은 수월화와 벽교상과 옥령이다.

수월화는 진심으로 사랑하고, 벽교상은 어젯밤 이후 사랑하게 되었으나 옥령은 그렇지 않다.

그는 수월화와 벽교상 둘 다 사랑하지만 각기 다른 사랑이라고 생각한다.

그것을 설명할 수는 없으나 구분할 수는 있다. 벽교상이 구분하기 좋게 만들어주었다.

순종적이라는 점에서 수월화와 벽교상은 같다. 하지만 그는 수월화와 함께 있으면 편안하고 안락하며 벽교상과 함께 있으면 기분이 좋다. 명랑해지는 것이다.

벽교상의 서찰을 받고 이것저것을 생각하던 끝에 그는 마지막으로 옥령이 떠올랐다. 그래서 잠시 그녀에 대해서 생각해 보았다.

그리고 그는 한 가지 사실을 깨달았다. 자신의 가슴속에 더 이상 옥령에 대한 증오나 분노, 복수심이 남아 있지 않다는 것이다.

그런 사실을 깨닫게 되자 그는 움찔 놀랐다. 원수에게 증오나 분노 따위를 느끼지 않게 된 변해 버린 자신의 감정 때문이다.

그렇다면 무엇인가? 그는 이미 복수를 한 것인가? 그렇다면 무엇이 복수였는가?

자신을 단유천인 양 속인 후에 옥령과 정사를 하고, 이후에 그녀를 납치하여 무공을 폐지했으며, 또한 그녀를 자신의 배료로 만든 것이 복수였는가? 정말 그것으로 충분한 복수라고 할 수 있는가?

그렇다면 반대로 옥령은 그런 것들로 충분히 비참함과 치욕과 후회, 뉘우침 같은 것들을 느꼈는가? 설혹 그렇다고 해도 설마 그것으로 그녀를 용서할 수 있는가?

지금 태무랑이 그녀를 죽이는 것은 손바닥을 뒤집는 것만큼이나 쉬운 일이다.

반면에 그 정도로 죽이기 쉬운 존재를, 아무것도 아닌 존재가 돼버린 그녀를 죽이는 것은 복수라고 할 수가 없다. 그것은 예전에 단유천과 옥령이 무완롱이던 태무랑을 갖고 논 것과 다를 바가 없다.

한동안 이것저것 생각하던 태무랑은 결론을 내렸다.

'복수는 아직 진행 중이다.'

그렇지만 뒷맛은 개운치 않았다.

척!

태무랑이 옥령의 방문을 열었을 때 가장 먼저 느낀 것은 지독한 악취다.

좁은 방 양쪽 벽에 두 개의 나무침상이 있는데 한쪽 침상은 천자필사가 일을 하는 중이라 비었고, 다른 하나에 옥령이 누워 있으며 악취는 그녀에게서 나고 있었다.

옥령은 똑바로 누워 있었으며 사흘 전에 형구가 내던지듯이 눕혀놓은 그대로다.

그녀는 한눈에도 차마 눈을 뜨고는 볼 수 없을 정도로 처참한 몰골이다.

마구 헝클어진 머리카락에 원래의 용모를 조금도 알아볼 수 없을 정도로 짓이겨진 얼굴. 옷은 갈가리 찢어졌으며 부러진 팔이 제멋대로 꺾인 채였다.

더구나 그녀의 온몸의 상처들은 이미 썩고 있었다. 상처들은 검붉고 누런 고름이 뒤덮였고 또 흘러내려 침상을 적시고 들러붙었다.

그러나 태무랑은 그녀가 죽지 않았다는 것을 알고 있다. 그녀에게서 흘러나오는 끊어질 듯 아주 희미한 심장박동 소리와 숨소리를 감지했기 때문이다.

그는 침상 가에 우뚝 서서 묵묵히 그녀를 굽어보았다. 그녀에게서 나는 악취는 비단 상처가 썩는 냄새만이 아니다. 혼절한 상태에서 배설, 즉 대소변을 봤으며 그것이 썩는 냄새가 함께 섞인 것이다.

사람이 분명하게 숨이 끊어졌다는 것은 여러 가지로 확인할 수가 있는데, 그중 하나가 항문이 닫혀 있는지 열렸는지 보는 것이다.

죽음에 가까워질수록 항문이 점점 크게 벌어진다. 항문의 조이는 힘이 떨어지기 때문이다. 그리고 완전히 죽은 사람은 항문이 활짝 열려 있다.

그러므로 옥령은 죽어가고 있는 동안 요도와 항문이 열려서 자신도 모르는 사이에 대소변을 쏟아낸 것이다.

'이것이 복수인가?

태무랑은 그녀를 굽어보며 속으로 뇌까렸다. 더 이상 사람의 모습이라고 할 수 없을 만큼 참혹한 상황과 모습으로 누워 있는 옥령이 인간으로서는 더 이상 비참할 수 없는 상황을 대변하고 있는 것 같았다.

'이보다 더한 복수를 할 수 있을까?

그는 부지중에 옥령에 대한 복수의 끝에 가까워졌거나 이미 도달했다는 생각이 들었다.

더 이상 그녀에게 가할 벌이나 응징이 생각나지 않았다. 어떤 방법을 사용해야 그녀를 더 괴롭게 만들 수 있을지 아무것도 떠오르지 않았다.

더 이상 증오하지 않고 가할 응징이 생각나지 않다면 복수를 한다는 것이 무의미하다.

하지만 아직 그녀를 용서하고 싶지는 않다. 뭔가 미진함이 남아 있는 것 같기 때문이다.

새삼 돌이켜 생각하지 않아도 어쨌든 그녀는 어머니와 남동생을 굶어죽게 만들었다.

그러나 좀 더 깊이있게 생각을 해보면 그것은 아니다. 사실 모든 결정은 단유천이 했고 그녀는 그저 말없이 동조했을 뿐이다.

그녀의 잘못이라면 이유도 모른 채 잡혀와서 무완롱이 된 태무랑을 괴롭히는 일에 동참한 것이고, 단유천의 그런 행동을 말리지 못했다는 것이다.

그리고 그녀의 또 하나의 잘못이라면, 단유천을 사형으로 두었고 그를 사랑했었다는 사실이다.

옥령을 굽어보던 태무랑은 자신이 그녀에게 무감(無感)한 것을 느꼈다.

아니, 마음속에 어떤 흐릿한 감정이 있긴 한데 그것이 무엇인지는 정확하게 알 수가 없다.

어쨌든 옥령을 이대로 죽게 내버려 둬선 안 된다는 것만은 분명했다.

슥—

이윽고 그는 침상 가에 걸터앉아 손을 뻗어 그녀의 얼굴로 향했다.

시커멓게 붓고 찢어진 상처가 곪고 썩어서 흘러내린 피고름이 그녀의 얼굴을 뒤덮고 있어서 흡사 문둥병을 심하게 앓고 있는 것처럼 보였다.

그는 손바닥을 활짝 크게 펼쳐서 그녀의 얼굴을 덮었다. 손이 큰 것인지 얼굴이 작은 것인지 그녀의 얼굴은 그의 손바닥 절반보다 약간 컸다.

스으으…….

그의 손바닥을 통해서 은은하고 영롱한 오색 기체가 그녀의 얼굴로 스며들었다.

츠으… 츠츠…….

손바닥과 얼굴 사이에서 기이한 소리가 흘러나왔다. 그의 손바닥이 천천히 옥령의 얼굴을 쓰다듬었다.

그러면서 점차 피고름이 사라지면서 매캐한 연기 같은 것이 피어오르고 뭔가 타는 냄새가 났다.

일각 후에 그가 손을 떼자 발로 밟은 만두처럼 일그러졌던 옥령의 얼굴은 어느새 원래의 아름답지만 창백한 얼굴로 되돌아와 있었다.

슥—

　그는 다시 손을 아래로 내려서 이번에는 두 손을 사용하여 그녀의 몸에 난 상처들을 치료하기 시작했다.

　상처가 타는 것인지 아니면 피고름이 녹는 것인지 뿌연 연기 속에서 지독한 악취가 코를 찔렀으나 그는 꿈쩍도 하지 않고 치료에 열중했다.

　그런데 그가 옥령의 허벅지의 피고름 범벅인 상처를 치료하고 있을 때 그녀가 힘겹게 눈을 떴다.

　그리고는 자신을 치료하고 있는 태무랑의 얼굴을 보면서 파르르 눈을 떨었다.

　그의 얼굴에는 진지한 표정이 떠올라 있었다. 즉, 옥령을 치료하는 일에 정성을 쏟고 있는 것이다.

　그런 모습을 발견한 옥령은 가슴이 찌르르 하고 거센 감동이 울컥 치밀어 올랐다.

　그와 동시에 머릿속이 맑아지면서 어떤 생각이 맑은 샘물처럼 솟구쳤다. 그것은 지금까지 한 번도 생각해 본 적이 없는 것이었다.

　'사실은 내가 이 사람에게 잘못했었던 거야. 사형과 나는 이 사람을 벌레처럼 괴롭혔고… 그 때문에 이 사람의 가족들이 굶어죽었어. 잘못은 내게 있는데도 나는 도리어 이 사람을 원수처럼 여기면서 복수를 한다고 날뛰었어. 말도 안 되는 어불성설이야…….'

그녀의 눈에서 참회의 눈물이 방울방울 흘러 창백한 뺨을 타고 내렸다.

슥—

그때 태무랑이 그녀의 몸을 뒤집었다. 뒤쪽의 상처를 치료하려는 것이다.

"……!"

그런데 옥령은 그제야 비로소 지독한 악취를 느꼈다. 상처가 썩는 냄새와 똥냄새가 섞인 것이다.

그래서 그녀는 자신이 혼절하고 있는 중에 대변을 봤다는 사실을 알게 되었다.

그녀는 지독한 부끄러움을 느꼈으나 금세 사라졌다. 태무랑이 똥에 범벅된 그녀의 몸 뒤쪽을 아무렇지도 않게 치료하고 있기 때문이다. 그래서 수치심보다는 감동을 느꼈다.

치료가 끝나고 태무랑이 허리를 폈을 때 옥령은 눈을 감고 아직 깨어나지 않은 체했다. 도저히 태무랑의 얼굴을 마주 볼 용기가 나지 않았다.

第八十五章
눈물 속에 피는 꽃

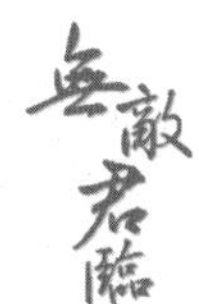

태무랑은 옥령을 안고 배의 뒤쪽 갑판 아래 목욕실로 갔다.

그곳에서 직접 뜨거운 물을 데워서 목욕통에 가득 채우고 그녀를 벌거벗겨서 목욕실 바닥에 반듯하게 눕힌 후에 물을 끼얹으며 깨끗이 씻어주었다.

그러는 동안에도 그녀는 내내 눈을 감고 가만히 있었다.

쏴아…….

옥령은 눈을 뜰 수 없었으나 자신의 몸을 씻기는 태무랑의 손길을 느꼈다.

그는 주로 그녀의 아랫도리, 즉 사타구니 부위 앞뒤를 많이

씻어주었다. 그 부위에 집중적으로 오물이 묻어 있기 때문이
었다.

태무랑은 아무 말도 하지 않고 씻기는 일에만 열중했다. 하
지만 그의 손길은 난폭하지 않았다. 그렇다고 애무를 하듯 부
드러운 것도 아니었다.

그러는 동안에 옥령은 여전히 눈을 꼭 감고 태무랑과 자신
에 대해서 많은 생각들을 했다.

태무랑은 목욕을 끝낸 옥령을 다시 방으로 안고 와서 옷을
입혀주고 바닥에 눕힌 다음에 이번에는 침상의 오물을 깨끗
이 청소했다.

그리고는 침상에 새 이불을 깐 후에 그녀를 눕히고 이불을
덮어준 뒤에 잠시 동안 손목 맥을 짚어보았다. 모든 것이 정
상이었다.

슥—

그런데 그가 일어나서 문으로 걸어가려고 할 때 등 뒤에서
옥령의 목소리가 들렸다.

"제가……."

태무랑은 걸음을 멈추고 뒤돌아서서 무표정한 얼굴로 그
녀를 응시했다.

옥령이 눈을 뜨고 그를 바라보고 있었다. 그런데 비 오듯이

눈물을 흘리고 있다.

“잘못했어요…….”

울음 섞인 그녀의 말이 진심에서 우러났다는 것을 태무랑은 간파했다.

그때 그의 심중에서 마지막 남은 복수의 작은 앙금이 깨져서 흩어지는 것이 느껴졌다.

그녀는 슬픈 표정도 자책하는 표정도 짓지 않았다. 그저 창백한 얼굴로 눈물만 흘렸다.

과도한 표정은 위선일 경우가 많다. 그러므로 진실을 말할 때는 별다른 표정이 필요하지 않다. 이 상황에서 꼭 필요한 것은 진실이지 과장이 아니다.

“제가 당신에게 얼마나 큰 잘못을 저질렀는지 깨달았어요. 이제야 눈을 떴어요. 잘못했어요.”

그리고는 그녀는 아무 말도 하지 않고 계속 눈물만 흘렸다. 잘못했다고만 말했지 용서해달라고는 하지 않았다.

태무랑은 묵묵히 그녀를 응시했다. 그녀도 그를 마주 바라보았다. 만약 방금 한 말이 거짓이라면 그의 눈을 바라보지 못할 것이다.

하지만 그는 끝내 아무 말도 하지 않고 천천히 몸을 돌려 방을 나갔다.

그리고 이층 자신의 선실계단을 올라가는 동안 옥령에 대한 것을 잊고 다른 생각을 했다.

단유천을 잡으면 무령왕가로 돌아가야겠다는 것이다. 그를 잡으면 일단 큰일은 끝난다. 이후 삼장로와 단금맹우들은 하나씩 처리하면 된다.

척―

방문을 열고 실내로 들어가서 탁자 앞 의자에 앉은 그는 잠시 가만히 앉아 있다가 탁자에 있는 찻주전자를 들어 식은 차 한 잔을 따랐다.

쪼르르…….

그러더니 갑자기 뚝 동작을 멈추었다. 조금 전에 옥령이 한 말이 문득 떠올랐기 때문이다.

그녀는 잘못했다고 말했으나 용서를 빌지 않았다. 그것을 뒤늦게 기억해 냈다.

잘못을 인정하는 것 뒤에는 언제나 용서를 비는 행위가 따르는 것이 상식이다.

하지만 그러지 않았다는 것은 그녀가 태무랑의 용서를 원하지 않거나, 그가 용서하지 않을 것이라는 사실을 짐작하고 포기했을 경우다.

태무랑의 표정이 흠칫 변했다. 순간 그는 급히 방을 나서 그대로 몸을 날려 아래층 바닥에 발이 닿기도 전에 옥령의 방을 부술 듯이 거칠게 열고 달려들어 갔다.

"……!"

그리고 그는 무엇인가를 발견하고 그 자리에 우뚝 멈추며 미간을 잔뜩 찌푸렸다.

그의 시선 끝에는 옥령이 있었다. 그런데 그녀는 침상 옆 바닥에 내려와 길게 누워 있는 모습이다.

아니, 몸은 다리에서 둔부까지 바닥에 닿아 있고 상체가 비스듬하고 머리는 침상 위로 세운 자세였다.

얼핏 보면 침상 옆면에 뒷머리를 기대고 바닥에 누워서 쉬고 있는 것 같았다.

하지만 태무랑의 시선은 급히 그녀의 목에 묶여 있는 끈으로 향했다.

그 끈은 그녀의 목에서 침상 모서리의 기둥에 팽팽하게 연결되어 있었다. 즉, 그녀는 목을 매서 자결을 하고 있는 중이었던 것이다.

옥령의 두 눈은 크게 떠져 있는데 동공이 없고 실핏줄이 선명한 흰자위만 보였으며, 약간 벌어진 입에서는 침이 흘러내리고 있었다.

또한 길게 늘어져 있는 그녀의 몸이 푸득푸득 잔 떨림을 일으키고 있었다.

뚝!

태무랑은 급히 달려들어서 줄을 끊었다. 그리고 그녀의 목살 속으로 파고든 줄을 풀었다.

그러자 그녀의 몸이 바닥으로 스르르 흘러내려 축 늘어졌다가 제멋대로 후드드득 마구 떨렸다.

그는 즉시 그녀의 맥을 짚어보았다. 평소보다 흐릿하지만 걱정할 정도는 아니라는 것을 확인하고는 그녀를 안아 조심스럽게 침상에 눕혔다.

이어서 손목을 잡고 부드러운 진기를 약간 주입시켜 주고는 손을 떼고 물끄러미 지켜보았다.

잠시가 지나자 핏기 한 점 없이 창백하던 옥령의 두 뺨에 발그레한 혈색이 돌아오면서 차츰 고른 숨소리를 내기 시작했다.

태무랑은 그녀가 조금 전에 자신의 잘못을 인정하면서도 어째서 용서를 빌지 않았는지 지금에야 깨달았다.

그녀는 자신의 잘못이 너무도 커서 용서를 빌 엄두를 내지 못한 것이다.

자신의 잘못으로 인해서 태무랑의 가족이 죽었으므로 자신 역시 목숨으로 용서를 빌어야 한다고 결정했고, 그것을 행동으로 옮긴 것이다.

태무랑은 잠시 생각했다. 과연 옥령이 스스로 목숨을 끊었다면 그는 그녀를 용서했을 것인가?

그는 자신의 감정에 솔직해지기로 마음먹고 매우 심각하

게 그것을 생각해 보았다.

한동안 생각에 잠겼던 그는 절레절레 고개를 가로저었다. 대답을 구할 수가 없었다.

그녀를 용서할 수 있는가 없는가를 논하기 이전에, 과연 무엇을 용서할 것인가가 생각나지 않았다. 그리고 그는 그녀를 더 이상 미워하지 않는 자신을 발견했다.

그녀가 태무랑에게 저지른 죄는 절대로 용서받을 수 없는 것이 아니었을지도 모른다.

그녀는 그저 들러리였을 뿐이다. 그리고 그녀가 스스로의 목숨을 끊어 용서를 구하려고 한 진실한 행동이 그녀 자신을 용서했다.

문득 태무랑은 또 한 가지 사실을 깨달았다. 가증스러운 옥령에게 그가 분노에 가득 차서 벌을 내리려고 했던 행동, 즉 그녀와 나눈 정사가 오히려 그녀에 대한 증오심을 많이 희석시키는 결과를 낳았다는 것이다.

남녀의 관계라는 것은 참으로 오묘하고 또 불가사의한 것이다. 추호의 애정도 품지 않고 외려 증오심에 가득 찬 심정으로 정사를, 아니, 일방적으로 짓밟은 것인데도 그 행위로 인해서 두 사람이 보이지 않는 질긴 어떤 인연의 끈으로 연결된 듯한 느낌이 들었다.

지금까지 태무랑이 스스로도 설명하지 못했던 그 느낌이

바로 그것이다.

그 행위는 단지 옥령의 옥문에 태무랑의 음경을 삽입하고 그 속 깊은 자궁에 정액을 쏟아낸 것에 불과하다.

그것은 단지 짓밟고 학대하는 것이었을 뿐, 그 외에는 아무런 감정도 없었다.

그 한 움큼의 정액은 애정의 산물도 아니고 자식을 잉태시키기 위함도 아니었다. 단지 분노고 증오며 복수심의 산물일 뿐이었다.

그런데 어째서 그녀에 대한 증오심과 복수심이 많이 사라지게 된 것인지 이해할 수가 없다.

만약 태무랑이 옥령을 짓밟지 않았더라면 그는 가차없이 그녀를 죽였을 것이고, 그녀에게 한 올의 감정도 품지 않았을 것이다.

처음에 그녀를 짓밟고 나서 죽이지 않고 무령왕가로 데려가겠다고 결정한 것부터 남과 녀의 정사가 가져다주는 오묘한 관계가 싹트기 시작한 것이다. 하지만 그때는 왜 그랬는지 몰랐었다.

"음……."

그때 옥령이 미약한 신음을 흘리면서 긴 속눈썹을 파르르 떨더니 힘겹게 눈을 떴다.

그리고는 물끄러미 자신을 굽어보고 있는 태무랑을 발견

하곤 깜짝 놀라서 눈을 커다랗게 떴다. 그 순간 그녀는 어떻게 된 일인지 짐작했다.

또다시 그녀의 눈에서 샘물처럼 눈물이 솟아 흘러내렸다. 하지만 마음대로 죽지도 못하는 자신의 신세가 기구해서 그러는 것이 아니다.

태무랑이 자신을 구해주었다는 것 때문이다. 그것은 그가 그녀를 용서했음을 의미하는 것이다.

"흑…… 죽게 내버려 두시지……."

그녀는 흐느끼며 말을 잇지 못했다.

태무랑은 무표정하게 중얼거렸다.

"네년이 저지른 죄가 죽음으로 씻어질 것 같으냐?"

"……."

옥령은 눈물을 흘리며 처연한 표정으로 그를 바라보았다.

"너는 내 허락 없이는 죽지 못한다. 죽어 귀신이 돼서도 내 곁을 떠날 수 없다."

태무랑은 음정의 고저 없이 그렇게 내뱉고는 몸을 돌려 방을 나가 버렸다.

탁!

닫힌 문 틈 사이로 옥령의 나직한 울음소리가 새어 나왔다.

"으흐흐흑……."

용변을 보려고 뒤 갑판 아래에 있는 측간(厠間:화장실)에 온 우경도는 그 안에 무릎을 꿇고 쪼그린 채 측간 바닥을 걸레로 문지르고 있는 천자필사를 발견했다.

하지만 그녀는 우경도가 온 사실을 모르고 땀을 흘리면서 청소하기에만 열중했다.

무릎을 꿇은 채 두 손으로 걸레질을 하고 있는 그녀의 뒷모습만 보면 얼굴이 화상으로 참혹하게 일그러졌다는 사실을 전혀 짐작조차 할 수가 없다.

아니, 오히려 그녀의 뒷모습은 남루한 옷을 입고 있는데도 불구하고 매우 늘씬했다.

긴 머리카락을 뒤로 넘겼으며, 동그랗고 가녀린 어깨와 곧게 뻗은 등줄기, 그리고 잘록한 허리와 무릎을 꿇고 있어서 탱탱하게 커진 둔부 등이 뇌쇄적이기까지 했다.

하지만 우경도는 천자필사의 뒷모습을 보면서 흑심은 조금도 느끼지 못했다.

단지 그녀가 화상을 입지 않았더라면 지금보다 훨씬 더 좋은 삶을 살 수 있었을 것이라고 생각했다.

그는 우장각 태무랑의 거처에 새로 들어온 하녀 천자필사에 대해서 아무것도 모르고 있었다.

화상으로 얼굴이 일그러진 불쌍한 여자를 거두어 하녀로 쓰고 있다는 정도로만 알고 있을 뿐이다.

우경도는 그냥 발길을 돌릴까 하다가 그녀 뒤로 다가가 조용한 목소리로 물었다.

"이제 좀 괜찮소?"

"아!"

순간 둔부를 높이 들고 걸레질을 하고 있던 천자필사는 깜짝 놀라 앞으로 엎어졌다.

예전의 그녀였다면 이 정도로 놀라는 일은 결코 없었을 것이다. 아니, 뒤에 누가 다가오고 있는 것을 미리 감지해서 대처했을 것이다.

탁!

우경도가 재빨리 허리를 굽히면서 손을 뻗어 측간 바닥에 얼굴을 처박기 직전의 그녀의 허리를 안아 잡아당겼다.

"아……."

그러나 그가 힘주어 끌어당기는 바람에 그녀가 그의 품속에 고스란히 안겨들고 말았다.

우경도는 우뚝 선 채 천자필사의 뒤에서 그녀의 허리를 안고 있는 자세인데 우연찮게도 두 사람의 몸이 완전히 밀착된 모습이다.

우경도는 금욕주의자는 아니지만 지나칠 정도로 고지식한 성격이라서 이제껏 아내 이외의 여자하고 정사를 해본 적이 한 번도 없었다.

그는 아내와 정사를 해본 지 일 년이 거의 다 됐다. 그 말은 지난 일 년여 동안 여자와 관계를 갖지 않았다는 뜻이다. 또한 아내가 죽었기 때문에 그는 별일이 없는 한 죽을 때까지 여자와 정사를 하지 못할 것이다.

그런데 실로 우연치 않게 싱싱한 젊은 여자의 몸 뒷부분을 안게 된 그는 순간적으로 하체에 불끈하고 힘이 들어가는 것을 느꼈다.

그는 약간 무릎을 굽힌 엉거주춤한 자세로 그 자리에 얼어붙어 있었다.

그리고 천자필사도 일으켜진 자세 그대로 둔부를 뒤로 내민 채 꼼짝도 하지 않고 가만히 있었다.

방금 전에 그녀는 우경도의 목소리를 듣는 순간 깜짝 놀랐으나 그가 누군지 단번에 알아차렸다.

그리고 자신이 측간 바닥에 엎어지려는 것을 그가 일으켜 주었다는 것을 깨달았다.

처음에 그녀가 일으켜진 후에도 그의 품에 안긴 상태에서 움직이지 않은 이유는, 자신의 일그러진 흉측한 모습을 우경도에게 보여주고 싶지 않다는 단순한 이유 때문이었다.

그녀의 심중에 우경도는 강직하고 정의로우면서 선한 사람으로 각인되어 있다.

그리고 또 하나, 그녀의 추함을 추하다고 여기지 않는 훌륭

한 남자이며, 자신에게 처음으로 입맞춤을 한 첫 남자로 기억되어 있다.

그런데 그다음 순간에 그녀는 이상한 느낌을 받았다. 자신의 둔부 계곡 사이에 뭔가 뭉툭한 물체가 밀착된 것을 느꼈으며, 그것이 빠르게 단단해지면서 둔부를 찌르고 있다는 사실을 깨달았다.

천자필사는 예전에 이런 경우가 결코 단 한 번도 없었다. 그녀는 긴장으로 인하여 심장이 쿵쾅거리고 입안에 침이 바짝 말랐다.

흥분을 느끼는 것이 아니다. 우경도가 흥분했다는 사실에 긴장한 것이다. 그녀는 걸레를 두 손으로 꼭 움켜쥔 채 숨을 멈추고 눈을 질끈 감았다.

우경도의 음경이 발기를 하고 시간이 멈춘 듯한 아주 긴 침묵은 사실 한 호흡 정도밖에 되지 않았다.

뒤늦게 사태를 깨달은 그는 움찔 놀라서 급히 천자필사의 허리를 두른 팔을 풀고 뒤로 성큼 물러났다.

"미, 미안하오."

천자필사는 감히 그를 향해 돌아서지 못하고 몸을 웅송그린 채 고개를 숙이고 가만히 있었다.

우경도는 자신의 발기한 음경이 천자필사의 둔부에 닿았다는 사실 때문에 심한 자책을 느꼈다.

“정말 미안하오. 부디 노여워하지 마시오.”

그는 진심으로 사과하면서 고개를 깊이 숙였다가 서둘러 계단으로 향했다.

천자필사는 급히 몸을 돌려 그를 바라보았다. 무슨 말을 하고 싶었으나 입이 떨어지지 않았다.

그녀가 눈썹도 없는 일그러진 눈으로 안타깝게 바라보고 있는 동안 우경도의 모습은 계단 위로 사라졌다.

태무랑네 배는 여전히 장강 한가운데에 떠 있다. 잔잔하게 물살이 뱃전을 두드릴 뿐 사위는 침묵에 잠겨 있다.

태무랑은 침상 위에 가부좌로 앉아서 운공조식을 하는 중이다.

지금 그가 하고 있는 것은 여태까지 해왔던 평범한 운공조식이 아니라 체내의 오행지기를 전신의 살갗으로 밀어내는 훈련이다.

즉, 금강불괴지체가 되려면 운기를 해야만 하는 것에서 한 걸음 더 나아가 마음만 먹으면 금강불괴지체로 변하기 위한 훈련 과정이라고 할 수 있다.

공격을 받으면 굳이 애쓰지 않아도 반사적으로 금강불괴지체가 되기 위한 훈련인 것이다.

끼이… 삐걱…….

그때 누군가 계단을 올라오는 소리가 들렸다. 낮에는 여러 소리에 묻히기 일쑤인 나무계단을 밟는 소리가 조용한 밤에는 유난히 잘 들린다.

태무랑은 매우 조심스럽게 계단을 오르는 그 소리만으로 올라오고 있는 사람이 천자필사라는 것을 간파했다.

이층에는 선실이 두 개 있는데 각각 태무랑과 우경도가 사용하고 있다.

천자필사가 우경도에게 볼일이 있을 리 없으니 태무랑을 목적으로 올라오는 것일 테고, 또한 좋은 목적은 아닐 것이라고 짐작할 수 있다.

그러나 태무랑은 운공조식을 멈추지 않고 계속했다. 설사 그녀가 태무랑의 코앞까지 다가온다고 해도 무공을 잃은 그녀로서는 그를 해칠 수 있는 아무런 방법도 없을 것이기 때문이다.

그런데 뜻밖에도 천자필사는 태무랑의 방 앞을 지나더니 우경도의 방문 앞에 멈추었다.

스르…….

그리고는 조심스럽게 문을 여는 소리가 들렸다.

자정이 훨씬 넘은 시간이라서 우경도는 침상에 누웠다가 얕은 잠에 든 상태였다.

그런데 누군가 문을 여는 소리에 잠에서 깨어나 즉시 오른손을 뻗어 머리맡의 검을 잡았다.

그러나 그는 곧 팽팽했던 긴장이 풀어졌다. 실내로 들어선 사람이 천자필사라는 사실을 그녀의 숨소리를 듣고 알았기 때문이다.

하지만 긴장이 풀리는 것과 동시에 또 다른 종류의 긴장이 찾아들었다.

도대체 이 야심한 밤중에 그녀가 무엇 때문에 자신을 찾아온 것인가라는 사실 때문이다.

문득 아까 낮에 측간에서 있었던 일이 떠올랐다. 그것은 명백한 우경도의 실수였다.

그녀의 둔부에 음경을 대고 발기를 하다니 전혀 그답지 않은, 그리고 있을 수 없는 실수를 저질렀다.

그는 머리맡에 검을 내려놓고 눈을 뜨면서 천천히 상체를 일으켜 똑바로 앉았다.

실내는 코끝조차 보이지 않을 정도로 캄캄했으나 그에게는 문제가 되지 않았다.

하지만 천자필사는 우경도의 방에 처음 들어오는데다 매우 어두웠기 때문에 등 뒤로 문을 닫고 나서는 한 발자국도 움직이지 못하고 그 자리에 서 있었다.

잠시 후에 그녀는 두 손으로 캄캄한 허공을 더듬으면서 주춤거리며 앞으로 걸음을 옮겼다. 하지만 그 방향에는 벽이 가로막혀 있을 뿐 우경도가 있는 곳하고는 전혀 다른 방향이다.

보다 못한 우경도가 조용히 입을 열었다.

"무슨 일이오?"

"아!"

낮에 측간에서의 일이 있기 때문에 그가 최대한 조그만 소리로 말했으나 천자필사는 오히려 측간에서보다 더 놀라 펄쩍 뛰었다. 그러나 다행히 쓰러지거나 하지는 않았다.

놀라움을 겨우 진정시킨 그녀는 목소리가 들려온 쪽으로 돌아서더니 주춤거리면서 침상으로 다가가 꼬깃꼬깃 접은 종이를 조심스럽게 내밀었다.

우경도는 의아한 표정으로 종이를 받아 그녀의 얼굴을 한번 보고 나서 펼쳤다. 거기에는 어떤 글씨가 적혀 있었다.

저는 아무것도 가진 것이 없습니다. 그래서 구명지은에 보답하고자 제가 갖고 있는 유일한 것을 드리려고 합니다. 거두어주신다면 죽을 때까지 당신께 순종하겠습니다. 제 본명은 미봉(美鳳)입니다.

글을 읽고 난 우경도는 놀란 얼굴로 천자필사, 아니, 미봉을 쳐다보았다.

“이게 무슨 뜻이오?”

그러나 미봉은 어떤 알 수 없는 간절한 표정을 지을 뿐 아무 말도 하지 않았다.

그제야 우경도는 그녀가 말을 하지 못한다는 사실을 기억해 냈다.

“잠깐 기다리시오. 불을 켜겠소.”

어둠 때문에 미봉이 불편할 것이라고 생각한 우경도가 부스럭거리면서 침상에서 내려서려고 하자 그녀가 급히 두 손을 마구 저으며 불을 켜지 말라는 몸짓을 했다.

우경도는 그녀가 불을 켜지 못하게 하는 이유가 자신의 흉한 모습이 드러날 것을 우려하기 때문이라 여기고 그대로 앉아 있었다.

하지만 우경도에겐 불을 켜나 켜지 않으나 같다. 지금 그는 미봉의 흉측하게 일그러진 얼굴이 너무도 잘 보인다. 그녀는 어둠 때문에 그가 자신의 얼굴을 잘 볼 수 없을 것이라고 생각한 듯했다. 무공을 잃으면 그에 따른 상식들도 망각해 버리는 것 같았다.

사륵.

그런데 미봉이 갑자기 옷을 벗기 시작했다.

“무… 슨 짓이오?”

우경도는 놀라서 벌떡 일어났으나 어떻게 할 줄을 모르고 당황할 뿐이다.

그사이에 미봉은 실오라기 한 올 걸치지 않은 알몸이 되었다.

흉측한 얼굴하고는 천양지차인 눈부시게 희고 늘씬한 나신이 은은한 빛을 발하며 드러났다.

우경도는 창졸간에 벌어진 일 때문에 놀라서 어쩔 줄을 모르고 눈을 크게 뜬 채 망연히 그녀를 바라보기만 했다.

그때 미봉이 우경도를 향해 몸을 굽히는가 싶더니 무릎을 꿇고 이마를 바닥에 붙였다.

"낭자⋯⋯."

우경도는 너무 놀라서 말을 잇지 못했다. 하지만 그는 한 가지 사실을 깨달았다. 그녀가 가지고 있는 유일한 것을 주겠다고 한 것이 바로 그녀의 몸, 즉 육체였다는 뜻이다.

그리고 또 한 가지, 그녀가 진심을 말하고 있다는 사실이다. 그리고 그 진심이 거절당하면 그녀는 절망할 것이라는 사실도 아울러 간파할 수 있었다.

엊그제 미봉은 죽을 결심을 하고 탈출을 감행했었다. 성공할 확률이 일 할이고 실패 확률은 구 할이라고 스스로 판단했었다.

실패할 경우에는 강물로 뛰어들어 스스로 목숨을 끊을 결심이었다.

무공이 폐지된 상태로 이런 곳에서 한 마리 벌레처럼 사느니 탈출을 하든지 아니면 죽는 것이 더 낫다고 스스로 판단했었다.

만약 옥령이라도 제정신을 갖고 있었다면 그녀와 둘이서 서로 의지하며 한 가닥 희망을 품고 있을 수도 있었다. 하지만 옥령은 버팀목이 돼주지 못했다.

아니, 태무랑이 안아주기만을 갈망하고 있는 그녀는 오히려 원수보다 못한 존재였다.

그래서 미봉은 죽기 살기로, 아니, 죽겠다는 심정으로 탈출하다가 발각되어 물로 뛰어들었으며, 형구에게 건져졌다가 우경도에게 목숨을 구함 받았다.

누군가에게 구명지은을 입을 것이라고는 꿈에도 예상하지 못했었다.

더구나 우경도는 정성을 다해 그녀를 살렸으며 그 과정에서 그녀에게 희망의 불씨를 하나 남겨주었다. 그 불씨는 새로운 삶에 대한 희망이다.

그녀를 과거의 미봉으로도, 흉측한 괴물로도 봐주지 않고 있는 그대로의 그녀로 봐주는 우경도에게 그녀는 마지막 희망을 걸었다.

예전의 미봉으로서는 생각해 본 적도 없는 지극히 인간적인, 그리고 생존적인 희망이다.

만약 그가 그녀를 몸종이든 뭐든 거두어만 준다면 죽을 때까지 그를 따를 결심을 했다.

그럴 경우에는 미봉에 관련된 모든 것을 버릴 생각이다. 그리고 새로운 삶을 시작할 결심이다. 오직 우경도만을 위한 삶을.

하지만 그에게 거절당한다면 마지막 선택을 해야만 한다. 역시 죽는 것뿐이다.

그러나 그녀는 우경도가 자신을 받아들일 확률이 일 할이고 그렇지 않을 확률이 구 할이라고 생각했다.

어느 누가 생각하더라도 우경도 같은 인물이 얼굴이 흉측하게 일그러진 하녀를 선택하지는 않을 것이기 때문이다. 그래서 어쩌면 지금 미봉은 자신이 다시 한 번 자결을 하기 위한 적당한 구실을 찾고 있는지도 몰랐다.

지금 그녀는 구구절절이 자신의 심정을 털어놓지 않고, 또 눈물도 보이지 않으면서 칼자루를 우경도의 손에 슬며시 쥐어주었다.

"나는……."

우경도가 물끄러미 그녀를 굽어보다가 갈라진 목소리로 겨우 입을 열었다.

"보다시피… 가진 것도 없는 보잘것없는 사내요. 더구나 여식이 둘이나 있소."

“······.”

이마를 바닥에 붙이고 있는 미봉의 몸이 벼락을 맞은 듯 후드득 심하게 떨렸다. 그런 그녀의 몸 위로 우경도의 말이 흘러내렸다.

“그래도······.”

그는 말하기가 어려운 듯 말을 멈추었다가 숨을 한 번 몰아쉰 후에 떨리는 목소리를 이었다.

“그런 나라도 자격이 있다면··· 기꺼이 낭자의 지아비가 되어주리다.”

“······.”

미봉은 가늘게 몸을 떨고 있었다. 가슴이 콱 막히고 머릿속에서는 거센 폭풍이 몰아쳤다.

우경도는 천천히 걸어가서 두 손으로 미봉의 양 어깨를 잡고 조심스럽게 일으켰다.

“일어나시오.”

미봉은 그를 바라보다 고개를 푹 숙였다.

우경도가 그녀의 얼굴을 두 손으로 부드럽게 감싸 쥐고 천천히 들어 올리자 그녀는 눈을 꼭 감은 채 온몸을 바들바들 떨었다.

그녀는 지금껏 이렇게 기뻤던 적도 또 두려움에 떨어본 적도 없었다. 우경도의 말에 가슴이 터질 듯이 기뻤고, 지금 그

에게 자신의 흉측한 얼굴을 보여야 한다는 사실이 너무도 두
려웠다.

"눈을 뜨시오."

우경도의 말에 그녀는 두려움에 떨면서도 최면에 걸린 듯
천천히 눈을 떴다. 눈인지 불 꼬챙이로 찌른 자국인지 모를
찌그러진 눈이다.

그녀는 자신의 얼굴을 똑바로 바라보며 엷은 미소를 짓고
있는 우경도를 차마 마주 바라보지 못하고 시선이 이리저리
부유했다.

우경도는 빙그레 미소를 지었다.

"미봉. 참 예쁜 이름이오."

그녀에게 그 예쁜 이름을 지어준 부친은 그녀를 끔찍이도
예뻐해 주었었다.

"고맙소. 나 같은 놈을 택해주어서."

우경도는 그녀를 번쩍 안고 침상으로 가서 조심스럽게 내
려놓았다.

"아아……."

침상에 눕혀진 그녀는 은어처럼 빛나는 나신을 묘하게 비
틀면서 신음을 흘렸다.

우경도는 옷을 활활 벗고 곧 건장한 알몸을 드러내고는 천
천히 미봉의 매끈한 몸 위에 자신의 몸을 실었다.

　옆방에서 태무랑이 이 모든 상황을 듣고 있겠지만, 우경도
는 개의치 않았다.
　그가 태무랑을 믿는 것만큼 그도 자신을 믿을 것이라는 사
실을 잘 알고 있기 때문이다.

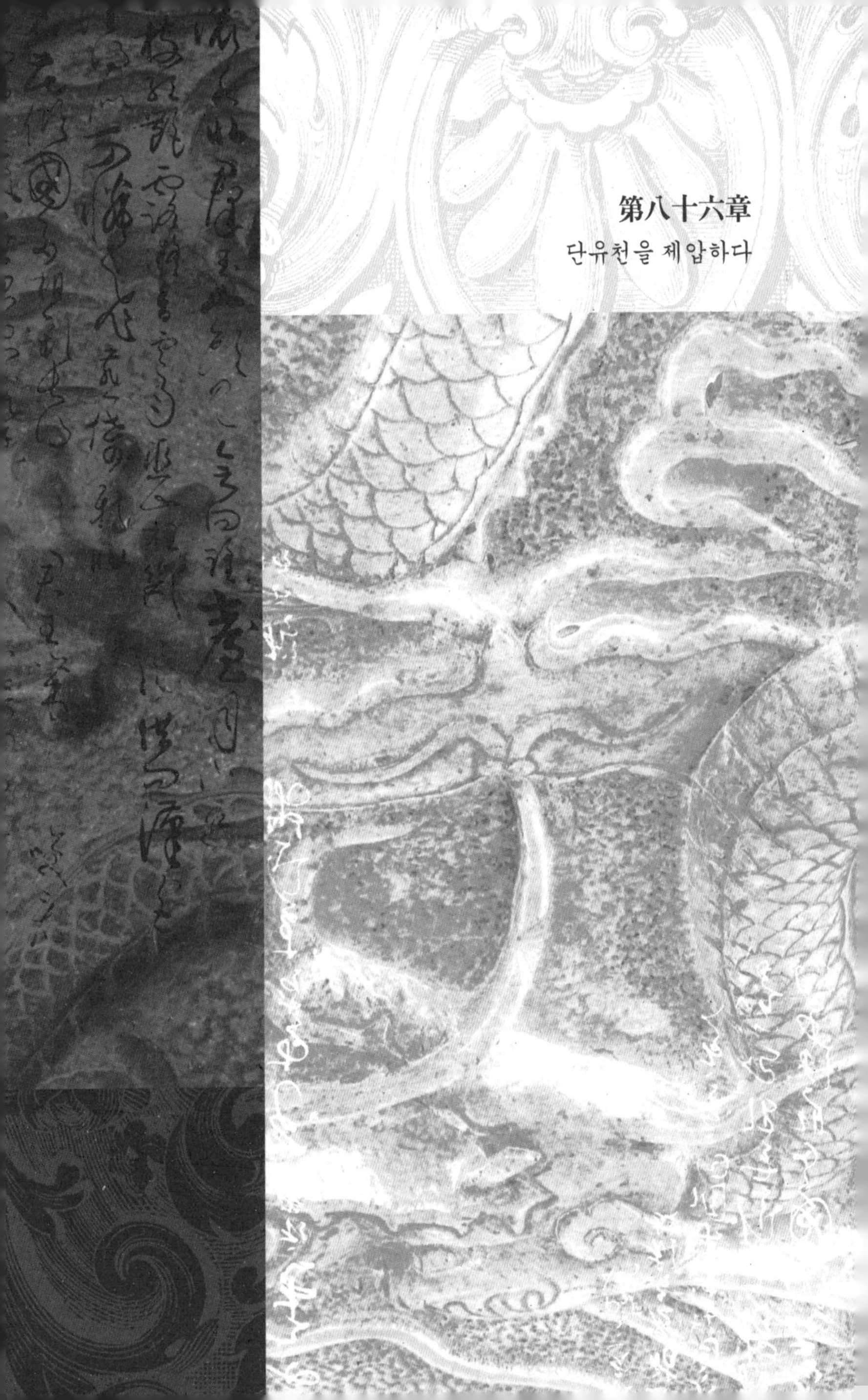

第八十六章

단유천을 제압하다

　미봉이 깊이 잠든 후에 우경도는 조용히 침상에서 빠져나와 옷을 입고 주방으로 내려갔다.

　그는 술 한 병과 잔 두 개를 갖고 계단을 올라가서 태무랑의 방으로 들어갔다.

　태무랑이 침상에서 상체를 일으키자 우경도는 탁자 앞에 앉아 묵묵히 잔에 술을 따랐다.

　태무랑 역시 말없이 일어나 우경도 맞은편에 앉아 술잔을 집어 단숨에 비웠다.

　우경도는 술 한 잔을 비운 후에 잔을 내려놓고 나직한 목소리로 입을 열었다.

"부탁이 있네."

태무랑은 대답 대신 술병을 들어 자신의 잔과 우경도의 잔에 각각 술을 따랐다.

"그녀를 내게 주게."

태무랑은 술잔을 쥐고 가볍게 고개를 끄덕였다. 그녀란 천자필사를 가리키는 것이다.

우경도는 술잔을 들고 만지작거리면서 술잔 속의 찰랑거리는 술을 들여다보았다.

"나는 그녀가 누군지 모르지만 알고 싶지 않네. 자네도 지금 이 순간부터 그녀의 과거와 모든 것에 대해서 잊어주었으면 하네."

태무랑은 또 고개를 끄덕였다.

이후 두 사람은 아무런 말 없이 술 한 병을 다 비우고 나서 우경도는 자신의 방으로 갔고, 태무랑은 다시 침상에 누워서 잠을 청했다.

그날 밤에 태무랑은 한 가지 인생의 진리를 깨달았다.

물건들이 다 제각각 쓰임새가 있듯이, 사람 역시 어딘가에는 쓰일 데가 있다는 사실을.

다음 날 동이 트기도 전에 우경도는 형구와 함께 볼일을 보기 위해서 포구로 나룻배를 저어 나갔다.

남경성 내에서 단유천을 찾는 데 심혈을 기울이고 있는 비한과 신풍개를 만나서 밤사이의 경과를 듣고, 이후에는 주루와 몇 군데 점포에 들러서 먹을 것과 필요한 물건들을 사오는 것이 두 사람의 오전 중의 일이다.

깔끔한 흑의로 갈아입은 태무랑은 천자필사, 아니, 미봉이 자고 있는 우경도의 방으로 들어섰다.

아직 묘시(卯時:아침 6시)가 되지 않은 시각이고 간밤에 늦게 잠든 탓에 미봉은 아직도 깊은 잠에 빠져 있었다.

그녀는 똑바로 누운 자세로 이불을 목까지 덮고 단정한 모습으로 자고 있었다.

그리고 침상 머리맡 옆쪽의 작은 탁자에는 그녀의 옷이 잘 개어져 있었다. 우경도가 개어놓은 듯했다. 깔끔한 성격의 그다웠다.

문득 태무랑은 미봉의 흉측한 얼굴에 매우 편안한 기색이 떠올라 있는 것을 발견했다.

한 사내가 또 한 여자의 운명을 이렇게 바꿔놓을 수 있다는 사실이 신기했다.

더구나 그녀의 운명은 더 이상 어떻게 해볼 수도 없을 정도로 절망에 빠져 있었다.

그러고 보니까 태무랑 역시 몇몇 사람들을 만날 때마다 운명이 바뀌었었다.

어떤 사람은 행운을 가져다주었는가 하면 어떤 자는 돌이킬 수 없는 불행을 퍼부었다.

미봉을 굽어보는 태무랑의 입가에 쓸쓸한 미소가 떠올랐다. 우경도가 미봉의 저 얼굴을 보고도 용케 자신의 여자로 받아들였다는 생각을 한 것이다.

그런 것을 보면, 우경도는 여러 면에서 태무랑보다 훨씬 훌륭한 사내인 것이 분명하다.

태무랑은 그 방에 반 각 정도 머물다가 자신의 방으로 돌아가 운공조식을 하기 시작했다.

그가 두 차례 운공조식을 끝냈을 때 우경도와 형구가 탄 나룻배가 도착하는 소리가 들렸다.

형구는 요리를 갖고 곧장 주방으로 향했다가 자신의 방으로 갔고, 우경도는 태무랑에게 왔다.

"별다른 사항은 없네."

우경도는 침상에 가부좌로 앉아 있는 태무랑에게 보고를 하고는 자신의 방으로 갔다.

"억?!"

뒤이어 우경도가 놀라서 나직하게 억눌린 듯한 신음을 터뜨리는 것이 들렸다.

이후 그가 미봉을 깨우는 소리가 들렸고, 어수선한 가운데 그가 미봉에게 동경(銅鏡:거울)을 가져다주는 듯한 침묵이 이어졌다.

"아!"

다음 순간 미봉의 자지러질 듯한 비명 소리가 터졌다.

그리고는 한동안 침묵이 흐르는가 싶더니 미봉이 왁! 울음을 터뜨렸다.

조금 전에 운공조식을 끝낸 태무랑은 다시 세 번째 운공조식에 들어가면서 생각했다.

'착한 마음을 쓰면 좋은 일이 일어나는 법이지.'

그때 방문이 왈칵 열리면서 우경도와 미봉이 한꺼번에 엎어질 듯이 들이닥쳤다.

두 사람은 태무랑이 운공조식을 하고 있는 것을 보고 뚝 걸음을 멈추었다.

그런데 미봉의 모습이 변해 있었다. 화상으로 일그러진 쳐다보기도 싫은 추악한 얼굴이 아니라 절색의 아리따운 미모로 변한 것이다.

사실 조금 전에 태무랑은 자고 있는 미봉의 혼혈을 눌러놓고 오행지기를 이용하여 그녀의 얼굴과 몸의 화상을 말끔하게 고쳐주었던 것이다.

하지만 예전 천자필사의 얼굴이 아니다. 그와는 다른 모습인데 오히려 예전보다 더 아름다워졌다.

태무랑은 그녀가 과거를 깨끗이 잊고 새로운 인생을 살아가기를 원했다.

그래서 옥령이나 그녀를 알고 있던 다른 사람들이 알아보지 못하도록 다른 얼굴로 고쳐준 것이다.

우경도와 미봉이 들이닥칠 것을 미리 알고 때맞춰서 태무랑이 운공조식을 하는 데는 이유가 있다. 그들이 고마워하는 모습을 보는 것을 원하지 않기 때문이다.

죽여야 마땅했던 천자필사를 용서해 주는 태무랑의 마음도 그다지 개운하거나 편하지만은 않다.

하지만 옥령을 용서해 준 마당에 그녀보다 죄가 가벼운 천자필사를 용서하지 못할 이유가 없다. 더구나 그녀는 진심으로 참회하고 있지 않은가.

미봉은 눈물을 그칠 줄 모르면서 태무랑을 바라보았다. 지금 그녀의 심정은 뭐라고 표현할 수 없을 만큼 기쁘고 감격스러웠다. 그리고 태무랑에게 한없이 고마웠다.

어제의 그녀와 오늘의 그녀는 분명히 달라졌다. 어제 태무랑이 그녀의 얼굴을 고쳐주었다면 지금 같은 벅찬 감동을 느끼지 못했을 것이다.

이렇듯 사내 우경도가 한 여자의 절망적인 인생을 완전히 변화시켰다.

　미봉은 어깨를 들먹이며 한동안 소리 죽여서 흐느끼더니 이윽고 태무랑을 향해 조심스럽게, 그리고 공손히 무릎을 꿇고 큰절을 올렸다.

　묵묵히 태무랑을 응시하고 있는 우경도의 두 눈도 부옜다. 그는 어젯밤에 술 한 병을 들고 태무랑을 찾아와서 한 가지 부탁을 했었다.

　그때까지만 해도 우경도는 태무랑에게 미봉의 화상을 치료할 능력이 있을 줄은 상상하지 못했었다.

　태무랑이 다 죽어가는 사람을 살려내는 기적의 치료 능력이 있는 것은 알고 있으나 그것과 이것은 다를 것이라고 생각했던 것이다.

　앞 갑판 아래 주방 겸 식당에서 태무랑 등이 식사를 하기 위해서 모였다.

　태무랑과 우경도, 형구는 각기 탁자의 세 방향에 앉아 있고, 옥령과 미봉이 주루에서 사온 요리를 데워서 접시에 담아 탁자에 차리고 있었다.

　우경도와 형구는 미봉을 쳐다보느라고 정신이 없는 모습이다. 우경도는 자신의 여자가 된 미봉이 아무리 봐도 너무 예쁘기 때문이다.

그리고 형구는 보기만 해도 토악질이 날 것만 같던 추악한 계집이 하룻밤 새에 어디론가 사라져 버리고 그 대신에 눈이 뒤집힐 정도로 아름다운 여자가 나타나서 시중을 들고 있으니까 도대체 어떻게 된 영문인지 모른 채 그녀에게서 눈을 떼지 못했다.

그러기는 옥령이라고 예외가 아니다. 그녀는 아침에 일어나니까 같은 방에서 자는 천자필사가 보이지 않았다.

그래서 먼저 주방에 갔거니 생각하면서 방을 나섰는데, 때마침 이층 우경도의 방에서 미봉이 나와 일층으로 내려오는 것을 발견하고 의아함을 금치 못했다.

생전 처음 보는 여자가 우경도의 방에서 나왔기 때문이다. 그래서 나름대로 그녀가 우경도의 여자일 것이라고 짐작하고 있는 중이다.

그러면서도 그동안 함께 지냈던 흉측한 몰골의 천자필사가 어디로 갔는지 못내 궁금했다.

옥령과 형구는 미봉이 바로 그 추악한 모습의 천자필사일 줄은 꿈에도 상상하지 못했다.

하지만 뭐니 뭐니 해도 가장 신바람이 난 사람은 당사자인 미봉이다.

이런 것을 보고 겹경사라고 하는 것이다. 옛말에 복은 쌍으로 오지 않고 화는 홀로 오지 않는다는 말이 있는데, 그것은 틀린 말인 것 같다.

그야말로 미봉에게는 복이 쌍으로 왔다. 그것도 일생일대의 최고의 복들이다.

하룻밤 만에 사랑하는 낭군을 얻은 데다 예전보다 더 아름다운 미모를 갖게 되었으니 이보다 더 큰 복이 어디에 있겠는가.

지금 그녀는 과거 천자필사 시절에 경험해 본 적이 없었던 최고의 행복을 만끽하고 있다.

다시 그 시절로 돌아가라고 등을 떠밀어도 가고 싶지 않을 정도다.

사람들은 제각기 자신의 꿈과 행복을 찾아 일생 동안 노력을 하는데, 미봉은 마침내 자신의 꿈과 행복을 찾았다. 그것을 여기 놔두고 대체 어디로 간다는 말인가.

이젠 우경도가 있는 곳이 바로 그녀가 있을 곳이다. 그래서 그녀는 주방 일을 하면서도 얼굴에서 미소가 떠나지 않고 있다. 행복해서 죽을 것 같다.

슥―

부지런히 요리를 나르던 미봉이 뜨거운 탕 그릇을 제일 먼저 태무랑 앞에 조심스럽게 놓아주고는 태무랑하고 눈이 마주칠까 봐 눈을 내리깔고 얼른 돌아섰다.

"고맙소, 형수."

그런데 그녀의 뒤에서 태무랑의 나직한 목소리가 들렸다.

그 순간 미봉은 소스라치게 놀라서 뚝 걸음을 멈추더니 흑!
하고 짧은 숨을 들이켰다.

이어서 그녀는 몸을 바르르 떨고는 고개를 숙이고 급히 주
방으로 쓰러질 듯이 비틀거리면서 달려갔다.

그때부터 옥령 혼자서만 요리를 날랐다. 그리고 주방 안쪽
에서는 미봉이 나직하게 흐느껴 우는 소리가 들려왔다.

식탁이 있는 곳에서는 미봉의 모습이 보이지 않고 나직한
울음소리만 들렸다. 아마도 주방 구석에 웅크린 채 울고 있는
듯했다.

그때 형구가 눈을 커다랗게 뜨고 목을 길게 빼며 주방 쪽을
기웃거리면서 놀란 탄성을 터뜨렸다.

"그녀가 우 형 마누라였어?"

형구는 고개를 돌려 이번에는 우경도를 쳐다보다가 얼굴
을 찌푸렸다.

"에구. 우 형까지 왜 울고 그래?"

우경도는 고개를 푹 숙이고 있는데 그의 앞에 놓인 젓가락
으로 굵은 눈물이 뚝뚝 떨어지고 있었다.

비한으로부터 놀라운 낭보가 날아든 것은 정오가 조금 지
났을 무렵이다.

그가 보낸 전서구에는 단유천이 숨어 있는 장소를 알아냈

다는 내용이 적혀 있었다.

태무랑의 방 탁자에는 그와 형구, 우경도가 앉아 있다. 태무랑은 앞에 앉아 있는 두 사람 앞으로 똑같은 물건을 하나씩 내밀었다.

그것은 손바닥 반의반만 한 크기의 패인데 금으로 만들었으며 복판에 세로로 '구주금패(九州金牌)'라고 양각되어 있었고 매우 고귀해 보였다.

그것은 구주전장에서 발행한 일종의 '전패(錢牌)'로써 금패는 은자 백만 냥 이상 천만 냥 이하를 예치했을 경우에 그 사람에게 신물로써 주는 것이다.

구주금패가 무엇인지 알고 있는 우경도와 형구는 놀란 얼굴로 태무랑을 쳐다보았다.

"이… 게 무슨 뜻인가?"

"무랑아, 대체 왜 그러는 거야?"

태무랑은 차분하게 말했다.

"이 패에는 각각 은자 오백만 냥이 들어 있다."

그러나 두 사람은 구주금패에는 눈길조차 주지 않고 더욱 놀라는 표정으로 태무랑만 쳐다보았다.

"아무것도 묻지 말고 지금 이후 이것을 갖고 각자 자신들의 살길을 찾아 떠나라."

두 사람 얼굴에 아연실색한 표정이 가득 떠올랐다.

태무랑이 단유천을 찾아냈다는 비한의 전서구를 받고 나
서 갑자기 자신들에게 거액을 주며 떠나라고 하니 놀랄 수밖
에 없는 일이다.

"태 형!"

"난 못해! 절대 안 해!"

우경도와 형구가 동시에 소리쳤다. 그러나 두 사람은 태무
랑의 표정이 그 어느 때보다 완고한 것을 보고 이미 돌이킬
수 없다는 것을 감지했다.

그렇다고는 하지만 이것은 청천벽력이나 다름없는 일이
다. 느닷없이 결별이라니, 아닌 밤중에 날벼락이다. 두 사람
으로선 눈곱만큼도 예상하지 못했던 일인 것이다.

태무랑은 형구를 쳐다보며 잠시 미간을 찌푸리며 생각하
다가 말했다.

"형구야, 옥령을 부탁한다."

"그런 년을 왜 나한테 부탁하는 거냐? 싫다!"

슥―

형구가 발작적으로 소리치는 것을 무시하고 태무랑은 자
신이 할 말은 다 했다는 듯 일어나 문으로 걸어갔다.

탕!

"이런 빌어먹을……."

그의 등 뒤에서 형구는 거칠게 탁자를 두드리면서 울화통

을 터뜨렸다.

하지만 우경도는 그 자리에서 꼼짝도 하지 않은 채 착잡한 표정으로 태무랑을 주시하다가 그가 나가자 한참 동안이나 닫힌 문에서 시선을 떼지 않았다. 그는 태무랑이 왜 그러는 것인지 조금은 알 것 같았다.

삐걱.

태무랑은 혼자 나룻배를 저어 포구로 향했다.

이층 태무랑의 방 앞에서 우경도와 형구가 난간가에 나란히 서서 착잡한 표정으로 지켜보았다.

그리고 형구의 외침에 놀란 옥령과 미봉이 주방에서 달려나와 일층 난간가에 서서 멀어지는 태무랑을 다급한 표정으로 바라보았다.

그녀들은 고개를 돌려 이층의 두 사내를 올려다보았다. 일그러진 형구의 얼굴과 돌덩이처럼 딱딱하게 굳어 있는 우경도의 얼굴이 보였다.

순간 두 여자는 알 수 없는 불길함을 느꼈으나 그것이 무엇인지 구체적으로는 알 수 없었다.

사내들의 표정이 절망과 슬픔으로 물들어 있는 것을 보고 어쩌면 태무랑이 다시는 돌아오지 않을지도 모른다는 생각이 더럭 들었다.

“아아…….”

옥령은 어떻게 해야 좋을지 몰라서 갈팡질팡했다. 그녀에게 태무랑은 전부이기 때문에 그가 돌아오지 않는 것은 전부를 잃는다는 뜻이다.

그리고 지금 이 순간이 아니면 이후 어떤 기회조차 주어지지 않을 것이라는 사실을 깨달았다.

순간 어디에서 그런 용기가 생겼는지 그녀는 목청이 찢어져라 태무랑을 향해 울부짖었다.

“제발 가시려거든 소녀를 죽이고 가세요!”

그러나 역시 태무랑은 뒤도 돌아보지 않았다.

끼이… 삐걱…….

노를 젓는 소리만 간단없이 들려와 옥령의 가슴을 짓찢어 놓을 뿐이다.

그런데 그 순간 옥령은 갑자기 난간 밖으로 한 송이 꽃처럼 미련없이 몸을 던졌다.

풍덩!

그녀는 두 팔을, 아니, 온몸을 허우적거리면서 태무랑의 나룻배를 쫓아가려고 발버둥 쳤다.

하지만 그녀는 헤엄을 칠 줄 모른다. 그녀의 뜻과는 달리 몸이 수면 아래로 가라앉기 시작했다. 그녀는 멀어지는 태무랑에게서 시선을 떼지 않으려고 애썼으며 필사적으로 발버둥을 쳤다.

그런데도 우경도와 형구, 미봉은 보고만 있었다. 그녀의 심정을 알기 때문이다.

또한 그들은 장님이 아니므로 태무랑과 옥령의 관계를 어느 정도 짐작하고 있었다. 그래서 그녀에게 무심한 동정을 보내고 있는 것이다.

지금 누군가 그녀를 구해준다면 영원히 그녀의 저주를 받을 것이 분명하다.

그러므로 지금은 태무랑의 구함을 받지 못할 바에는 차라리 죽게 내버려 두는 편이 그녀를 위한 길이라는 사실을 알고 있다.

끼이… 삐걱…….

노 젓는 소리는 점점 더 멀어지고 있었다.

포구에 도착해서도 태무랑은 배 쪽으로 눈길조차 한 번 주지 않았다.

또한 옥령이 어떻게 되었을까 하는 궁금증조차 들지 않았으며, 오로지 앞으로의 일만 생각했다.

노를 저어서 포구로 오는 동안 그는 우경도의 얼굴로 변신을 한 상태다.

그가 우경도와 형구에게 각기 살길을 찾으라고 말한 데에는 그만한 이유가 있다.

지난 이틀 동안 비한과 신풍개가 군사들과 개방제자들을 총동원하여 그토록 기를 썼는데도 불구하고 단유천의 흔적조차 찾아낼 수가 없었다.

또한 북쪽으로 향했던 화명군의 종적도 묘연하다. 신풍개가 그의 전신을 그려 북쪽의 개방분타에 나누어 주고 추적하라고 했으나 실패했다.

그러므로 화명군이 어디로 갔는지, 무엇을 하는지 짐작조차 할 수가 없는 상황이다.

그런데 비한이 갑자기 단유천을 찾아냈다. 그것을 그저 노력 끝에 좋은 결과가 생겼다고 단순하게 생각할 수도 있을 터이다.

하지만 태무랑은 그렇게 생각할 수가 없다. 그토록 애를 먹였던 단유천을 너무 느닷없이, 그리고 쉽게 찾아냈다는 생각을 떨쳐 버리기가 힘들었다.

더구나 화명군이 사라졌다는 사실이 의심을 증폭시켰다. 만약 화명군의 행적이 개방의 이목 안에 놓여 있었다면 지금 같은 의심을 하지 않았을 것이다.

의심은 의심을 낳는다. 한 번 의심을 하기 시작하면 의심이 끝없이 분열한다.

아무것도 아닐 수도 있는 일이고, 괜한 의심을 하는 것일 수도 있지만 그는 자신의 본능을 믿어보기로 했다.

그래서 최악의 사태를 대비하여 우경도와 형구에게 살길을 찾아가라고 은자 오백만 냥씩 준 것이다.

그렇게 하지 않으면, 만약 태무랑에게 무슨 일이 생겼을 경우 그들은 계란으로 바위를 치는 어림없는 짓인 줄 뻔히 알면서도 태무랑의 복수를 한다거나 위험에 빠진 그를 구하려고 할 것이다.

그들의 그런 행동은 자살이나 마찬가지다. 그것을 미연에 방지하자는 것이 태무랑의 뜻이다.

비한의 서찰에는 단유천이 남경성 내 어딘가에 깊이 숨은 채 움직이지 않고 있다고 했다.

촌각을 다투는 일이 아니므로 그리 서둘지 않아도 될 일이라서 태무랑은 자신이 할 수 있는 나름대로의 준비를 하기로 마음먹었다.

전서구를 받은 지 한 시진 만에 나타난 태무랑을 보고서도 비한은 전혀 나무라지 않았다.

그는 남경성 내 남쪽 성벽 가까운 곳의 어느 주루 이층에서 태무랑을 기다리고 있었다.

[어떤 자하고 함께 있는데 아마 단유천의 심복인 천풍대주 한상인 것 같네.]

비한은 말하면서 창밖의 대로에서 굽어 들어간 어느 골목을 턱으로 가리키며 전음을 보냈다.

[한상이라는 자가 두어 차례 들락거리다가 들어갔을 뿐 단유천은 은신처에서 꼼짝도 하지 않고 있네.]

태무랑은 서둘지 않고 비한 맞은편에 앉아 있는 신풍개 옆에 앉아서 골목을 쳐다보았다.

신풍개가 반가운 얼굴로 태무랑을 쳐다보았다.

[나도 연락을 받고 조금 전에 왔네. 그리고 이 근처에 개방 제자들을 풀어서 경계하도록 했네.]

태무랑은 고개를 끄덕인 후 비한에게 물었다.

[어떻게 찾아냈나?]

[성내의 모든 집들을 가가호호 뒤지는 도중에 알게 됐네. 군사들에게는 수상한 집을 발견하면 일단 별일이 없는 것처럼 물러난 후에 내게 직접 보고하라고 일러두었었네. 내가 확인해 보니까 단유천이 틀림없었네.]

한 집 한 집 일일이 수색을 하다가 발견했다면 화명군이 쳐놓은 함정이 아닐 수도 있다.

또한 비한이 직접 확인했다면 그곳에 단유천이 있는 것이 분명하다. 비한은 태무랑만큼 철두철미한 사람이다.

[어떻게 할 텐가?]

슥—

[잡아야지.]

태무랑은 두말할 것 없다는 듯 즉시 일어섰다.

백주 대낮이지만 골목 안에는 사람의 왕래가 뜸했다.

태무랑이 일을 끝내는 동안 신풍개는 골목 입구에 서서 진입하려는 사람들을 제지하는 역할을 맡았다.

태무랑과 비한은 나란히 골목 안으로 걸어 들어갔다. 하지만 발걸음 소리는 일체 나지 않았다.

이 일대의 군사들과 개방제자들은 한 명도 남기지 않고 멀찌감치 물러나도록 명령했다.

단유천을 잡기 위해서 투입된 사람은 태무랑과 비한, 신풍개 세 사람뿐이다.

신풍개는 골목 어귀를 지키고, 비한은 집 입구를 지킬 것이므로 결국 단유천을 잡는 사람은 태무랑 혼자다. 비한이 돕는다는 것을 그가 혼자 하겠다고 했다.

골목 막다른 곳을 오 장여쯤 남겨둔 어느 집 앞에서 비한이 멈추자 태무랑도 따라서 멈추었다.

슛―

두 사람은 단숨에 담을 날아서 넘어 나란히 집 안쪽 마당에 내려섰다.

마당에는 아무도 없고 빨랫줄에 빨래가 널려 있으며 한쪽에 장작더미가 쌓여 있는 광경으로 봐서는 성내의 여느 평범한 가정집이 분명했다.

비한이 집 뒤쪽을 가리키면서 그쪽에 단유천이 있다는 신호를 보내고 나서 자신은 정면의 평범한 단층집을 향해 걸어갔다.

만약 단층집에서 사람이 나오거나 하면 찍 소리도 내지 못하도록 조치를 취하기 위해서다.

여전히 우경도의 모습을 하고 있는 태무랑은 단층집 모퉁이를 돌아 미끄러지듯이 뒤쪽으로 향했다.

그곳은 잡초가 무성한 뒷마당인데 뒷담 앞에 자그마한 사당이 한 채 위치해 있었다.

조상들의 신위를 모셔두고 제사를 지내는 곳으로 평범한 가정집에서 흔하게 볼 수 있는 광경이다.

태무랑은 재빨리 주위를 훑어보고 나서 사당을 향해 똑바로 쏘아갔다.

휘익!

지금 단유천이 태무랑을 발견하고 뛰쳐나온다고 해도 도망치지 못한다고 확신했다.

와지끈!

그의 몸이 닿기도 전에 사당의 문이 산산이 박살 나며 흩어지는 것과 동시에 그는 안으로 쏘아들었다.

사당 안은 바깥에서 보기와는 달리 꽤 넓고 아늑했다. 정면에 위패를 모신 제단이 있고, 그 뒤에 작은 창이 있으며, 바닥은 나무로 되어 있었다.

하지만 그런 것들은 전혀 태무랑의 눈에 들어오지 않았다. 그는 사당 안으로 들어서는 순간 제단 오른쪽 안쪽 구석에 책상다리로 입구를 향해 앉아 있는 단유천과 그 앞에 마주 보고 서 있는 한 명의 중년인을 발견했다.

앉아 있는 자는 단유천이 분명했다. 불에 타죽어서 한 줌의 재가 되더라도 결코 잊을 수 없는 그 얼굴이 거기에 있었다.

태무랑의 시선이 단유천의 얼굴에 꽂혔는데 그 앞에 서 있던 자가 깜짝 놀라 돌아서면서 어깨의 검을 뽑으며 그대로 공격해 왔다.

차앙!

그러나 검이 뽑히는 것과 동시에 태무랑이 발출한 오행운라강이 그자의 얼굴을 세로로 쪼갰다.

촤악!

오행운라강에는 오행지기가 고스란히 들어 있기 때문에 그자는 적중되는 순간 불에 타고 얼어버리고 먼지가 돼버리는 등의 다섯 과정을 한꺼번에 겪으면서 시체도 남기지 못하고 흩어져 버렸다.

단유천이 놀라서 벌떡 일어서려는 순간 어느새 코앞까지 들이닥친 태무랑이 지풍을 날려 그의 상체 세 군데 혈도를 짚어 마혈을 제압했다.

털썩!

태무랑이 사당을 향해 돌진하고 단유천을 제압한 데 걸린 시간은 한 호흡도 되지 않았다.

단유천은 일어서려다가 그대로 주저앉았다. 그의 얼굴에는 놀라움이 가득 떠올라 있었다.

척!

태무랑은 단유천 앞에 다리를 넓게 벌린 자세로 우뚝 섰다.

그의 시선은 놀라고 있는 단유천 얼굴에 고정되었다. 틀림없는 단유천이다.

단유천은 진진하 싸움의 후유증 때문인지 앉아 있는 자세가 어정쩡하고 왼팔이 축 늘어진 상태였다.

함정 같은 것은 아니다. 단유천이 그의 눈앞에 제압된 상태로 앉아 있는데 함정일 리가 없다. 태무랑이 괜한 의심을 했던 것 같다.

만약 지금 화명군이 나타난다고 해도 태무랑은 즉시 단유천을 죽일 수 있다.

화명군의 능력이 아무리 뛰어나다고 해도 태무랑이 반 장 앞에 있는 단유천을 죽이지 못할 리가 없다. 태무랑으로서는 최악의 상황에서는 단유천을 죽이고 자신도 죽으면 그만이라는 생각이다.

第八十七章
최악의 패배

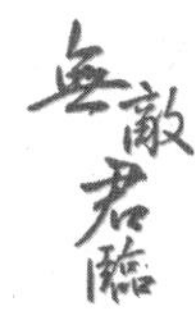

"넌… 누구냐?"

단유천은 우경도의 얼굴을 하고 있는 태무랑을 무섭게 쏘아보면서 억눌린 듯한 목소리로 입을 열었다.

태무랑은 폐부에서 치밀어 오르는 득의한 미소를 구태여 참으려고 하지 않았다.

"후후후. 마침내 네놈을 잡았구나."

스으으……

그러면서 그는 오행지기를 일으켜서 자신의 본모습을 되찾았다.

그의 진면목을 본 단유천이 움찔했다.

"너는?"

"후후후. 그래. 흑풍창기병이다."

"음. 과연 너로군."

단유천의 표정이 복잡하게 변하더니 착잡하게 체념하는 얼굴로 변했다.

"후후후. 흐핫핫핫! 네놈을 잡다니 꿈만 같구나!"

태무랑은 통쾌한 기분을 감출 수가 없어서 상체를 젖히며 큰 웃음을 터뜨렸다.

그 웃음소리는 비한과 신풍개에게도 들려서 두 사람의 마음을 흐뭇하게 만들었다.

태무랑은 웃음을 뚝 그치고 두 눈에서 시퍼런 살광을 뿜어내며 어금니를 부드득 갈았다.

"단유천, 부디 저승에 가거든 어머니와 동생에게 무릎 꿇고 참회해라."

스응.

그는 오른손을 들어 어깨의 염마도를 천천히 뽑았다.

단유천만큼은 단칼에 죽일 생각이다. 절대로 그럴 리는 없겠지만, 옥령을 살려두었다가 좋지 않은 결말을 봤기 때문에 후회할 짓을 만들지 않기 위해서다.

그것을 후회하는 것은 아니지만, 어쨌든 단유천만큼은 지금 당장 죽이고 싶다.

그리고 지금의 활화산처럼 치밀어 오르는 복수심으로도 단유천을 살려두고 싶은 마음이 터럭만큼도 없다.

그를 단칼에 죽이고 나서 이제는 기나긴 복수를 끝맺고 싶다는 생각이 간절했다.

단유천은 태무랑이 염마도를 머리 위로 치켜드는 것을 보면서 물었다.

"나 때문에 네 가족이 죽었느냐?"

모든 것을 포기한 것인지 그는 매우 차분한 표정이다.

그의 말에 태무랑은 울컥 울분을 터뜨렸다.

"개자식아! 그걸 말이라고 지껄이는 것이냐?"

단유천은 차분함을 넘어서 태연한 표정으로 고개를 절레절레 가로저었다.

"틀렸다. 나는 네 가족을 죽이지 않았다."

"이놈—!"

태무랑은 그가 부인하는 바람에 너무 분노해서 그가 마혈이 제압됐는데도 불구하고 고개를 가로저었다는, 즉 움직였다는 사실을 두 눈으로 뻔히 보고 있으면서도 간과하는 실수를 저지르고 말았다.

"아가리 닥쳐라—!"

쿠아앗!

태무랑은 분기탱천하여 오른손으로 잡은 염마도를 단유천
의 정수리를 향해 무시무시하게 그어 내리면서 목청이 찢어
질 듯 폭갈을 터뜨렸다.

이 순간 그는 염마도가 단유천의 정수리를, 아니, 몸을 세
로로 절반으로 쪼개서 시체조차 남기지 않을 것이라는 사실
을 추호도 의심하지 않았다.

그는 염마도가 단유천의 정수리에서부터 사타구니까지 세
로로 쪼개는 과정을 놓치지 않으려고 두 눈을 힘껏 부릅뜨고
쏘아보았다.

스으…….

그런데 그 순간 앉아 있는 단유천으로부터 뭔가 흐릿한 것
이 솟구쳤다.

그것은 너무 빨라서 두 눈을 부릅뜨고 있는 태무랑으로서
도 무엇인지 분간할 수가 없었다.

땅!

"흑!"

다음 순간 그 흐릿한 것이 염마도에 닿는가 싶더니 단단한
쇠와 쇠끼리 강하게 부딪치는 소리와 함께 태무랑은 오른팔
에 굉장한 충격을 느끼며 선 채로 주르르 뒤로 퉁겨지듯 미끄
러졌다.

턱!

“……”

태무랑은 단유천으로부터 일 장 반이나 뒤로 미끄러져서 등이 벽에 부딪치고서야 멈췄다.

그제야 방금 전에 오른팔에 받았던 엄청난 충격의 여파가 통증으로 변했다.

퍼퍼퍼퍽!

오른팔을 덮은 옷이 찢어지고 살갗과 근육, 핏줄이 터지면서 피가 사방으로 튀었다.

얼마나 강력한 충격이기에 이 정도까지 여파를 받는 것인지 태무랑으로서는 짐작조차 할 수가 없다.

하지만 지금 그는 자신의 오른팔이 어떻게 됐는지 쳐다볼 만한 마음이 아니다.

도대체 어떻게 해서 이런 일이 일어났는지 그것부터 파악해야만 하기 때문이다.

단유천은 처음 그 자리에 아무 일도 없었다는 듯 그대로 앉아 있었다.

태무랑은 방금 전에 무언가 흐릿한 것이 염마도를 빠르게 때리는 것을 얼핏 보았었다.

그는 염마도를 확인하는 대신 재빨리 눈동자를 굴려 사당 내를 살폈다.

아무도 없다. 여전히 그와 단유천뿐이다. 그런데 그의 시선이 힐끗 한 곳을 스치듯 더듬었다.

단유천이 앉아 있는 곳에서 일곱 자쯤 떨어진 오른쪽 벽에 칼날이 하나 깊숙이 꽂혀 있었다.

부러진 염마도가 분명했다. 태무랑이 그것을 알아보지 못할 리가 없다.

그렇다면 그의 염마도는 절반 정도가 부러졌다는 뜻이다. 오행지기의 금기로 만든 염마도를 부러뜨렸다는 것은 조금 전의 흐릿한 그 무엇이 상상을 초월할 정도로 강력하다는 얘기다.

그런데 단연코 이곳에는 태무랑과 단유천 둘뿐이다. 만약 누군가 더 있다면 그자는 지금껏 태무랑이 한 번도 만나보지 못한 초절고수가 분명하다. 그러나 태무랑은 그럴 리가 없다고 생각했다.

그가 단유천의 정수리를 향해 염마도를 그어 내릴 때 염마도를 강타한 그 흐릿한 것이 외부에서 온 것이라면 그가 못 봤을 리가 없다. 못 봤다면 그야말로 그자는 지상최강의 초절고수일 것이다.

그렇다고 단유천이 그랬을 리 없다. 태무랑이 알고 있는 그는 자신보다 한 단계 아래 수준이었다.

"……!"

그때 문득 그는 조금 전에 단유천이 고개를 절레절레 가로

저었다는 사실을 비로소 기억해 냈다.

그는 오른팔에서 피를 뚝뚝 흘리면서 천천히 단유천에게 걸어가며 얼굴을 일그러뜨렸다.

"너는 누구냐?"

그는 어쩌면 단유천이 가짜일지도 모른다는 의심이 들었다. 가짜라면 이것은 함정이 분명하다.

그러자 단유천이 편안한 자세를 취하면서 등을 뒤쪽 벽에 기댔다.

그는 마혈이 제압되었는데도 분명히 움직였다. 그러더니 그는 빙그레 미소 지었다.

"역시 듣던 대로 영특한 놈이로구나. 본좌가 유천이 아니라는 것을 알아내다니."

"……."

조금 전에 들었던 단유천의 목소리가 아니다. 그보다는 좀 더 의젓하고 청아한, 그러나 연륜이 깃든 목소리다. 그리고 상대를 압도하는 기운이 목소리에 실려 있었다.

그 순간 태무랑의 머릿속으로 번쩍하고 스쳐 지나가는 것이 있었다.

"네놈은 화명군이로군."

그럴 만한 인물이 단유천의 사부인 화명군밖에는 없다고 단정한 것이다.

역시 이것은 함정이었다. 그러나 화명군이 어떤 수법을 사용해서 단유천 모습으로 변신했는지는 모르지만, 그는 미리 단유천을 빼돌리고 자신이 단유천 행세를 하면서 태무랑을 기다리고 있었던 것이 분명하다.

단유천은 천천히 고개를 끄덕였다.

"그렇다. 본좌가 화명군이다."

스스스…….

말이 끝나는 것과 동시에 단유천의 얼굴이 흐릿하게 이지러지기 시작했다.

태무랑은 화명군이 단유천의 모습에서 본래의 진면목으로 바꾸는 중이라고 생각했다.

얼굴을 바꾸는 재주는 태무랑만 할 줄 아는 것이 아니었다. 화명군은 태무랑하고는 달리 순수하게 공력만 이용해서 얼굴을 바꾸고 있었다.

순간 태무랑의 두 눈에서 무시무시한 안광이 번갯불처럼 폭사되어 뿜어졌다.

기회는 지금뿐이라고 판단했다. 화명군이 본래의 얼굴을 되찾고 나면 태무랑에겐 절대로 공격하거나 반격할 기회가 주어지지 않을 것이다.

쿠오오—!

순간 그는 전력을 다해서 화명군을 향해 쏘아가며 자신이

지니고 있는 모든 것을 한꺼번에 쏟아냈다.

염마도에서는 염마오행도가, 왼손에서는 오행운라강이, 그리고 얼굴과 가슴, 양 어깨에서 오행신공의 기운인 오행강기가 폭포처럼 쏟아져 나갔다.

그는 지금 이 순간에 화명군을 죽여야 한다고 판단하여 자신의 몸속에 내재되어 있는 모든 것들을 모조리 쏟아낸 것이다.

화명군이 얼굴을 바꾸고 있는 짧은 시간 동안에는 주의가 흩어질 것이라고 간파하여 순식간에 뿜어낸 그의 공격은 과연 주효했다.

화명군은 자신의 얼굴을 거의 회복하는 순간에 무시무시하게 쇄도하고 있는 거대한 오색의 빛줄기를 발견하고 가볍게 안색이 변했다.

그러나 이미 늦었다. 오색 빛줄기는 그의 몸 앞면에 그대로 적중되었다.

쩌억―!

도강과 운라강과 오행강기가 한꺼번에 적중되자 화명군은 앉은 자세에서 뒤쪽의 벽을 뚫고 쏜살같이 밖으로 튕겨져 날아갔다.

태무랑은 제아무리 화명군이라고 해도 자신의 전력을 정통으로 적중당했으니 즉사하거나 최소한 치명상을 입었을 것이라고 짐작했다.

한꺼번에 모든 것을 쏟아낸 태무랑은 순간적으로 휘청거렸다.

하지만 추호도 지체하지 않고 화명군이 뚫고 나간 벽을 통해 쏜살같이 밖으로 쏘아나갔다.

슈욱!

뚫어진 벽 바깥쪽은 마당인데 사당에서 담까지의 거리는 삼 장 정도다.

그런데 먼저 뚫고 나간 화명군의 모습이 보이지 않자 태무랑은 가볍게 당황했다.

"태 형! 머리 위다!"

그때 비한의 다급한 목소리가 들렸다.

움찔 놀란 태무랑이 쏘아가면서 즉시 머리 위를 올려다보자, 화명군이 어느새 지상에서 이 장 정도의 높이에서 머리를 아래로 한 자세로 그를 향해 무서운 속도로 쏘아내리고 있었다.

화명군이 방금 전에 태무랑이 전력으로 발출한 공격을 정통으로 적중당하고서도 어떻게 멀쩡할 수 있는 것인지 믿어지지 않았다.

그런데 태무랑은 앞으로 쏘아가고 있는 중이라서 화명군의 공격을 피하거나 반격할 겨를이 없다. 무엇보다도 쏘아가는 몸을 멈춰야만 하는데 그게 말처럼 쉽지 않으니 속수무책 당할 수밖에 없는 상황이다.

쐐애액!

그런데 갑자기 허공에 날카로운 파공음이 터졌다. 귀에 익은 파공음이다.

태무랑이 고개를 돌릴 겨를도 없이 힐끗 눈동자만을 굴려서 보니까 본채 모퉁이 쪽에서 비한이 어느새 자신의 창을 조립하여 움켜쥐고는 화명군을 향해 비스듬히 번개 같은 속도로 쏘아가고 있었다. 위기에 처한 태무랑을 구하려는 의도인 것이다.

화명군이 비한을 무시하고 계속 태무랑을 공격하는 것을 고집한다면 측면의 허점에 비한의 맹타를 당하게 될 것은 불을 보듯 뻔한 일이다. 비한은 직접 창으로 적을 베고 찌르는 수법이므로 화명군이 금강불괴지체가 아닌 이상 중상을 면치 못할 터이다.

순간 화명군은 쏘아내리다가 급격하게 방향을 꺾어 비한을 향해 마주쳐 가며 왼손 일장을 발출했다.

휘이—

그러자 허공중에 마치 언덕에서 부는 산들바람 같은 미약한 음향이 흘렀고, 화명군의 손바닥에서는 아무것도 발출되지 않았다.

태무랑은 그 틈을 놓치지 않고 즉시 발끝으로 땅을 박차면서 수직으로 솟구치며 평소보다 훨씬 큰 두 개의 오행운라강을 전력으로 발출했다.

키아앙!

태무랑은 화명군이 오행운라강을 피하려면 비한에게 발출한 일장을 거둘 수밖에 없을 것이라고 순간적으로 판단했다. 방금 그가 오행운라강을 발출한 것은 공격이라기보다는 비한을 구하기 위한 임기응변이다.

하지만 그의 예상이 보기 좋게 빗나갔다. 화명군은 비단 비한에게 뻗은 왼손을 거두지 않았을 뿐만 아니라 오히려 오른손을 태무랑에게 뻗어 재차 일장을 발출했다.

휘이…….

예의 산들바람 같은 미미한 파공음이 흘렀다.

화명군은 허공에서 태무랑을 향해 거꾸로 자세로 쏘아내리는 중에 비한과 태무랑 두 사람에게 동시에 쌍장을 발출한 것이다.

빽!

"큭!"

먼저 비한이 일장에 적중됐다. 그는 먼저 공격을 했는데도 불구하고 화명군의 일장에 당했다. 그의 무공은 박투술이기 때문에 어떻게든 창이 상대의 몸에 닿아야만 한다. 하지만 장풍은 그럴 필요가 없다. 창보다 장풍이 빠른 것은 당연한 일이다.

더구나 화명군의 일장은 눈에 보이지도 않았다. 아니, 설사 보였다고 해도 너무 빨라서 비한으로서는 결코 피하지 못했을 것이다.

태무랑은 일장에 적중당한 비한이 화명군을 공격할 때보다 더 빠른 속도로 튕겨져 날아가는 것을 보지 못했다. 자신에게 쏘아오는 일장에 대처해야 하기 때문에 볼 겨를이 없는 것이다.

그는 쏘아 오르면서 최대한 허리를 비틀었으나 몸을 꿈틀하는 정도에 그쳤다.

쉬이—

그것뿐이었는데도 운 좋게도 화명군의 일장이 그의 귓가를 아슬아슬하게 스쳐 지나갔다.

일장을 피하자마자 허공으로 상승한 그는 어느새 화명군과 맞닥뜨렸다.

화명군은 하강하면서 비한과 태무랑에게 각기 일장씩 발출한 직후이므로 무방비 상태다.

키아앙!

태무랑이 솟구치면서 절반뿐인 염마도로 화명군의 목을 맹렬하게 쓸어갔다. 염마도에서 염마오행도가 번갯불처럼 뿜어졌다.

염마도는 화명군의 목 한 자 거리에서 무시무시하게 쇄도
했다. 지금으로선 그의 목이 잘라지는 것은 너무도 당연하게
여겨졌다.

그런데 갑자기 화명군이 방향을 틀어 태무랑을 향해 마주
부딪쳐 오면서 불쑥 손을 뻗었다.

그런 동작은 자신의 목이 잘라지는 것을 상관하지 않겠다
는 뜻이다. 목숨을 도외시한 것이다. 내 목이 잘라지더라도
무조건 공격을 하겠다는 막무가내에 다름 아니다.

일순 태무랑은 불길함이 엄습했다. 화명군이 죽음을 도외
시할 이유가 없다.

그런데도 이런 행동을 하는 것은 뭔가 믿는 데가 있는 것이
분명하다. 그러므로 태무랑은 그것에 대비를 해야만 한다고
생각했다.

태무랑은 오른손의 염마도로 화명군의 목을 베어가는 한
편, 왼손으로 오행운라강 세 개를 발출했다.

쉐애앵!

세 개의 운라강은 화명군의 머리와 가슴, 복부를 향해 부챗
살처럼 갈라지면서 무시무시하게 쏘아갔다.

태무랑과 화명군의 거리는 겨우 반 장 남짓이다. 그러므로
화명군은 그의 염마도와 오행운라강을 절대 피하지 못할 것

이다.

하지만 화명군은 조금 전에 태무랑의 전력 공격을 정통으로 적중당하고서도 끄떡없었다.

그런 일이 또 일어날까 봐 태무랑은 불안해졌다. 하지만 지금으로선 어쩔 수가 없다. 그렇다고 공격을 중단할 수도 없는 상황이다.

그 순간 그는 한 가지 묘수를 생각해 냈다. 화명군이 염마도와 오행운라강에 적중되는 순간 즉각 두 번째 공격을 퍼붓는 것이다.

그 공격에는 그의 모든 것을 쏟아부을 생각이다. 첫 번째 전력 공격이 동시다발적이어서 실패했으므로, 이번에는 화명군의 급소 한곳을 겨냥해서 그곳에 전력 공격을 명중시키는 것이다.

그렇게 하면 제아무리 화명군이라고 해도 타격을 입을 것이 분명했다.

그래서 태무랑은 이차 공격을 위해서 전신의 오행지기를 한 곳에 모았다.

그런데 그 순간 괴이한 일이 벌어졌다. 화명군의 모습이 변한 것이다.

마치 수면에 비친 사람 모습이 수면이 흔들리면 이지러지는 것처럼 스르르 형태가 변해 버렸다.

쓰아아—

그 상태에서 염마도와 오행운라강이 허공을 갈랐다. 느닷없이 흐물흐물해진 화명군을 베지 못한 것이다.

그 상황에 놀란 나머지 태무랑은 미리 준비한 두 번째 공격을 발출하지 못했다.

그리고 다시 제 모습을 찾은 화명군의 모습이 두어 자 앞에 유령처럼 나타나며 손을 뻗었다.

슈우—

그저 천천히 내뻗는 것 같은 손은 순식간에 태무랑의 코앞에 이르러 그의 목을 움켜잡으려 들었다.

태무랑은 전력 공격을 할 기회를 놓쳐 버리고 오히려 위급한 상황에 처하게 되었다.

화명군이 빙그레 미소를 짓고 있는 얼굴이 보였다. '이제 너는 잡혔다'고 득의해하는 표정이다.

스으…….

그 순간 화명군은 손끝에 태무랑의 목이 닿은 느낌을 받았는데 갑자기 그가 눈앞에서 연기처럼 사라져 버렸다.

쿠아앗!

다음 순간 그의 머리 위에서 묵직한, 그러나 허공을 찢어발기는 파공음이 터졌다.

'부동명왕보(不動明王步)!'

그는 눈앞에 있던 태무랑이 감쪽같이 사라졌다가 머리 위쪽에 다시 나타난 것이 그가 불문의 절세보법인 부동명왕보를 전개했기 때문이라고 생각했다.

그것은 화명군조차도 익히지 못한 보법과 신법의 최고봉인 것이다. 하지만 태무랑이 전개한 것은 공간도였다.

아무리 화명군이라고 해도 이런 급박한 상황에서는 당황하지 않을 수가 없다.

방금 전에 그가 전개했던 수법, 즉 몸을 일렁이는 수면에 비춘 사물처럼 이지러지게 하는 환체미종행(幻體迷踪行)을 펼치기에는 너무 늦었다.

그렇다면 방법은 하나뿐이다. 작은 것을 내주고 큰 것을 얻는 것. 즉, 살을 주고 뼈를 받는 고육지계(苦肉之計)를 쓰는 수밖에 없다.

화명군은 피하지 못하는 대신 번개같이 빙글 태무랑 쪽을 향해 몸을 반회전시켰다.

이미 염마도가 반 자 앞에서 자신의 얼굴을 향해 내리꽂히고 있는 것이 크게 확대되어 보였다.

그는 손을 쭉 뻗는 것과 동시에 고개를 슬쩍 오른쪽으로 틀었다. 그리고 호신강기를 최대한 빨리 일으켰다.

콰직!

그러나 염마도는 호신강기를 뚫고 그의 왼쪽 어깨를 무지막지하게 내리찍었다.

그리고 다음 순간 그의 오른손이 태무랑의 목을 세차게 움켜잡았다.

콱!

"큭!"

염마도는 화명군의 왼쪽 어깨로 파고들어 쇄골과 갈비뼈 두 개를 끊어놓았다.

그러나 심장 바로 위에서 멈추었다. 호신강기 때문에 염마도의 위력이 약해진 덕분이다. 아니었으면 심장을 세로로 쪼갤 수 있었을 것이다.

그 대신 화명군은 오른손으로 태무랑의 목을 움켜잡을 수 있었다.

만약 그가 손에 힘을 조금만 준다면 태무랑의 목은 수수깡처럼 꺾이고 말 것이다.

화명군은 손에 적당한 힘을 주고 있다. 태무랑을 죽이지는 않지만 발작하지 못하도록 통제를 하고 있는 것이다. 그 상태에서 태무랑은 오행지기를 조금도 끌어올리거나 운용하지 못한다.

"허허헛! 드디어 너를 잡았구나. 태무랑."

화명군은 왼쪽 어깨에 염마도를 박은 채 너털웃음을 터뜨리며 느릿하게 아래로 하강했다.

그는 자신의 왼쪽 어깨에 염마도가 박혀서 피가 흐르고 있는 사실을 아예 모르고 있는 듯했다.

그러고 보니까 그는 염마도가 왼쪽 어깨에 꽂힐 때 신음은 커녕 얼굴을 찡그리지도 않았었다.

슛.

두 사람의 발이 지상에 닿자 화명군은 왼손을 들어 태연하게 자신의 왼쪽 어깨에 박혀 있는 염마도를 뽑았다.

뻐거…….

칼날이 쪼개진 뼈 사이를 헤집고 나오는 소리가 거슬렸으나 그는 눈 하나 까딱하지 않았다.

그는 염마도를 살펴보며 고개를 끄덕이면서 감탄했다.

"좋은 칼이다. 무엇으로 만들었느냐?"

대답을 들으려고 한 질문이 아니다. 태무랑의 목을 그토록 세게 움켜잡아 숨도 제대로 쉬지 못하거늘 어찌 대답인들 제대로 하겠는가.

태무랑은 너무 숨이 막혔다. 머릿속이 하얘지면서 온몸의 오행지기가 흩어지고 있었다.

아무리 태무랑이라고 해도 숨을 쉬지 못하면 죽고 만다. 그도 사람이기 때문이다.

"……!"

그런데 갑자기 이상한 기운이 확 끼쳐 왔다. 그것은 마치

발가벗은 상태에서 온몸에 차디찬 물이 끼얹어진 것 같은 느낌이다.

그는 그것이 더 이상 숨을 쉬지 못해서 숨이 끊어지고 생명이 몸을 떠나는 과정일지도 모른다는 생각이 들었다. 즉, 죽는다는 뜻이다.

그런데 그게 아니다. 빠르게 정신이 맑아지기 시작했다. 입과 코로 숨을 쉬는 것이 아닌데도 어디선가 공기가 공급되고 있는 것 같았다.

그것은 마치 베로 만든 자루에 물을 가득 담고 주둥이를 꽉 묶으면 베의 특성 때문에 수많은 미세한 구멍으로 물이 새어 나오는 듯한 그런 느낌이었다.

어떻게 된 영문인지는 모르지만 분명히 체내로 공기가 유입되어 더 이상 숨이 막히지 않게 되었다.

그러나 화명군에게 목이 잡혀 있는 것은 변함이 없다. 즉, 행동의 제약을 받는 것이다.

쐐애애—

그 순간 화명군 등 뒤에서 허공을 갈가리 찢는 날카로운 파공성이 터졌다.

태무랑이 화명군의 어깨너머로 보니까 비한이 창을 앞세워 전력으로 쏘아오고 있었다.

그런데 비한을 본 순간 태무랑은 자신의 처지도 잊고 가슴이 콱 막혀 버렸다.

비한은 온몸이 피투성이였다. 조금 전 화명군에게 일장을 정통으로 적중당한 것이 분명했다.

그는 얼굴이 알아볼 수 없을 정도로 박살 나고 또 피로 범벅된 모습이다.

더구나 목이 찢어져서 철철 피를 흘리고 있으며 가슴이 갈라져서 심장인지 허파인지 모를 장기가 내비치는 처참한 모습이었다.

그런데도 태무랑을 살리려고 혼신의 힘을, 아니, 최후의 힘을 모아서 화명군을 공격하고 있는 것이다.

'한……'

태무랑은 가슴에서 울컥 짙은 감동과 비애가 한꺼번에 솟구쳐 올랐다.

[태 형! 놈이 나를 공격할 때 탈출하게!]

그때 비한의 전음이 태무랑의 고막을 두드렸다. 목이 찢어져서 바람이 새는 듯한 그렁그렁한 목소리여서 태무랑은 더욱 가슴이 조각나는 듯했다.

비한은 자신을 내던져서 태무랑을 살리려 하고 있다. 즉, 자신의 죽음과 태무랑의 삶을 바꾸려는 것이다.

태무랑은 과연 자신에게 그럴 만한 친구로서의 자격이 있는지 의심스러웠다.

아니, 반대의 상황이었다면 나는 비한을 위해서 목숨을 버릴 수 있을까 하는 의문이 들었다.

그때 화명군이 힐끗 비한을 뒤돌아보았다. 그 정도의 초절 고수라면 구태여 그러지 않아도 되지만, 창졸간이라서 부지중에 뒤돌아본 것이다.

순간 태무랑은 오른발에 자신의 모든 오행지기를 모아서 화명군의 복부를 향해 힘껏 내질렀다.

부악!

화명군이 찰나 간에 고개를 뒤로 돌렸다가 재빨리 다시 태무랑을 쳐다보는 사이에 그의 발이 허공을 가른 것이다.

뻐걱!

"큭!"

제아무리 화명군이라고 해도 태무랑의 전력이 실린 발길질을 코앞에서 걷어차이고는 무사할 수가 없다. 그는 보기 싫게 얼굴을 일그러뜨리면서 답답한 신음성을 토해냈다. 그 일격으로 그는 최소한 내장이 박살 났을 것이라고 태무랑은 생각했다.

그의 몸이 휘청하는 순간 어김없이 비한의 창이 그의 등 한복판을 꿰뚫었다.

푸악!

창끝이 화명군의 가슴 한복판으로 두 뼘이나 튀어나오는

것을 보고 태무랑은 이제 그도 끝장이라고 생각했다.

하지만 화명군은 그 지경이 되고서도 여전히 태무랑의 목을 놓지 않았다.

그 순간 화명군은 왼손으로 자신의 가슴에 박힌 창의 가장 안쪽을 움켜잡고 앞으로 확 잡아당겼다.

그러자 창을 잡고 있던 비한이 엉겁결에 화명군의 등으로 엎어지듯이 부딪쳐 왔다.

어느새 비한의 창은 완전히 뽑혀서 화명군의 왼손에 쥐어져 있었다.

그는 빙글 몸을 반회전시키면서 비한을 향해 창을 휘둘러 갔다. 그러면서도 태무랑의 목을 잡은 손을 놓지 않았다.

위잉!

창이 부딪쳐 오는 비한을 향해 휘둘러질 때, 태무랑의 주먹이 동시에 화명군의 관자놀이를 향해 허공을 갈랐다.

후웅!

이 순간의 태무랑은 화명군이 자신의 목을 놓아주는 것을 원하지 않았다. 다만 비한을 해치지 못하게 하려고 공격을 하는 것이다.

퍽!

쩍!

창대가 비한의 왼쪽 팔을 무지막지하게 후려치는 것과 태무랑의 주먹이 화명군의 관자놀이를 강타하는 것이 거의 동시에 일어났다.

그 순간 화명군은 얼굴이 일그러지면서 피를 터뜨리는 와중에도 오른손에 힘을 주어 태무랑의 목을 분질렀다. 반사적인 행동이다.

우지직!

그래 놓고서야 그의 목에서 손을 떼고는 쓰러질 듯 비틀거리며 물러섰다.

창대에 적중당한 비한은 왼팔 팔꿈치 부위가 완전히 꺾여서 너덜거렸다.

그는 옆으로 이 장이나 튕겨 나갔다가 비틀거리면서 태무랑을 향해 다가왔다.

태무랑은 제대로 서 있을 수가 없다. 목이 완전히 부러졌기 때문이다.

목이 왼쪽으로 꺾여서 숨을 쉬는 것은 고사하고 말도 할 수 없고 중심을 잡을 수도 없는 상황이다.

하지만 그뿐만이 아니다. 목을 어떻게 부러뜨려 놨는지 그의 치료 능력으로도 원상회복이 되지 않았다. 그래서 그는 제자리를 빙글빙글 맴돌다가 주저앉았다.

턱!

아니, 주저앉으려고 할 때 비한이 재빨리 그의 허리를 안고 허공으로 신형을 날렸다.

"잡아라!"

그 집을 벗어나는 비한과 태무랑 뒤에서 화명군의 우렁찬
외침이 터져 나왔다.

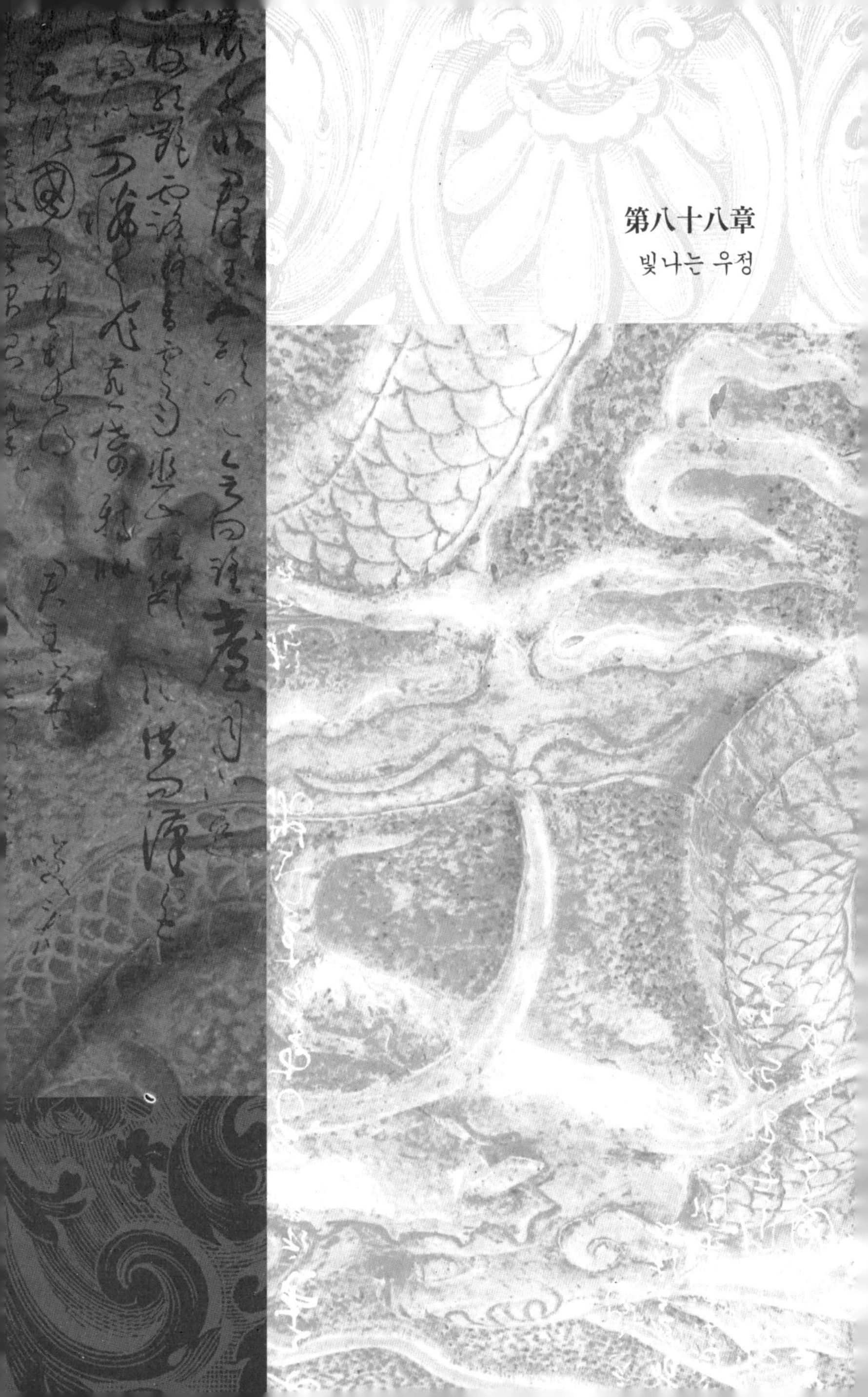

第八十八章

빛나는 우정

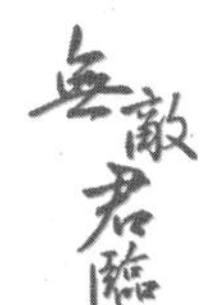

　화명군에게는 네 명의 호위가 있으며 그들을 무극사위라
고 부른다.

　천지자웅과 생사쾌살(生死快殺)이 그들이다. 천지자웅은
천자필사와 지웅단혼이고, 생사쾌살은 남자인 생유쾌도(生有
快刀)와 여자인 사검필살(死劍必殺)이다.

　그들 중에 천자필사를 제외한 세 명이 줄곧 화명군을 호위
하고 있었다.

　지금 그들이 추격하고 있는 사람은 태무랑과 비한이다. 둘
다 극심한 중상을 입은 몸인데도 따라잡는 것이 결코 쉽지 않

은 일이다.

그러나 거의 다 따라잡았다. 태무랑을 안고 있는 비한이 남경성 밖 어느 높은 절벽에 이르렀을 때 지웅단혼과 생유쾌도는 마침내 덜미를 잡았다.

비한은 잠시 착각을 했었다. 추격자들을 완전히 따돌렸다고 생각한 것이다.

그래서 이곳 장강 변 절벽 위에 있는 수월화의 소유인 수월원으로 숨어들 생각을 했었다.

그곳에서 한동안 위험을 피하며 숨을 돌리면서 기운을 회복한 뒤에 다시 움직일 계획이었다.

무령왕가로 가거나 태무랑의 배로 가는 것은 위험할 것이라고 생각했다. 화명군이 추격해 오면 괜한 불똥이 그곳으로 튈 것이기 때문이다.

그런데 수월원 입구인 청죽림에 도착하여 안으로 들어가려고 하는데 추격자 세 명이 유령처럼 나타나서 순식간에 비한을 포위해 버렸다.

'낭패다……'

비한은 오른팔로 태무랑의 허리를 안고 있으며, 왼팔은 완전히 부러졌기 때문에 포위한 채 점점 가까이 다가오고 있는 추격자들을 상대할 방법이 없다. 더구나 그의 무기인 창조차도 없는 상태다.

조금씩 뒤로 물러나던 그는 어느 순간 뒤쪽에서 발뒤꿈치에 차인 돌가루들이 절벽 아래로 흘러내리는 소리를 듣고 주춤 걸음을 멈추었다.

힐끗 재빨리 뒤돌아보니 까마득한 벼랑이 수직으로 이루어져 있고 저 아래에 삐죽삐죽한 바위들과 시퍼런 강물이 섬뜩하게 보였다.

어림잡아도 깊이가 최소 백오십여 장은 될 듯했다. 자칫 바위에라도 떨어지면 몸뚱이가 갈가리 찢어지기 십상이다. 한 발자국만 더 디뎠으면 비한은 태무랑을 안은 채 졸지에 불귀의 객이 될 뻔했다.

그러나 한 발자국을 더 물러났든 아니든 상황은 그리 다르지 않은 듯하다.

추격자들이 점점 거리를 좁히고 있으므로 지금 상황에서는 놈들을 뚫는 것은 절대 불가능하다.

그렇다면 스스로 절벽 아래로 뛰어내리는 수밖에는 별다른 도리가 없을 것 같았다.

"적안혈귀를 넘기면 목숨은 살려주겠다."

다섯 걸음쯤 다가온 추격자들 중에서 한 명 지웅단혼이 손을 내밀면서 담담한 표정으로 첫 말문을 열었다.

그러나 비한으로서는 어림도 없는 말이다. 태무랑을 구하려고 이토록 위험을 자초하고 있는 판국에 그를 건네주면 아무런 의미가 없지 않은가.

"우리의 목적은 적안혈귀다. 너와는 아무런 상관이 없지 않은가?"

지웅단혼이 타이르듯 다시 넌지시 말했다.

"너는 누구냐?"

비한은 그를 똑바로 주시하면서 중얼거리는 듯한 목소리로 물었다.

"천지자웅의 지웅단혼이다."

비한은 고개를 끄덕였다.

"너 같으면 이런 상황에서 누가 천자필사를 내놓으라고 요구하면 선뜻 그러겠느냐?"

천지자웅이 천자필사와 지웅단혼 두 사람을 일컫는다는 것을 알고 하는 소리다.

그러자 지웅단혼의 표정이 흠칫 변했다.

"천자를 아느냐?"

비한은 가볍게 고개를 끄덕이면서 자신이 실언을 했다고 생각했다.

천지자웅 두 사람은 동료일 뿐 아무런 관계도 아니라고 세상에 알려져 있다. 하지만 그것은 천자필사에게만 국한된 이야기다. 사실 지웅단혼은 천자필사를 연모하고 있으며 그녀에게 끊임없이 구애를 해왔었다. 천자필사도 지웅단혼을 싫어하지는 않는 터라서 만약 별일이 없었더라면 언젠가 두 사람은 연인으로 발전을 하였다가 부부가 될 가능성이 컸다.

그런데 비한이 천자필사의 얘기를 꺼내서 자칫 지웅단혼의 아픈 곳을 건드린 듯한 꼴이 되고 만 것이다. 비한은 아무리 적이고 자신이 위험에 처했더라도 상대의 약점을 건드리는 짓 따위는 하지 않는다.

지웅단혼은 한 걸음 더 주춤 다가섰다. 그의 얼굴에 조급함과 그리움이 동시에 떠올랐다.

"그녀가 어디에 있는지 아느냐?"

비한은 대답하지 않았다. 말할 수 없기 때문이고, 더 이상 지웅단혼을 괴롭히고 싶지 않았다. 그가 비록 적이지만 순수한 애정을 무기로 상대를 괴롭히는 것은 추악한 짓이라고 생각하는 그다.

그러나 지웅단혼은 비한의 침묵을 그가 천자필사 있는 곳을 알고 있는 것으로 단정했다.

그리고 지웅단혼은 비한의 의중을 짐작했다. 그래서 거기에 대해서는 같은 사내로서 고마움을 느꼈다.

하지만 지금 지웅단혼에게 중요한 것은 천자필사의 행방이다. 그녀를 찾을 수만 있다면 어떤 대가라도 치를 수 있을 듯한 심정이다.

"말해다오. 천자는 어디에 있느냐? 말해준다면 은혜를 잊지 않겠다."

그러나 비한의 입은 굳게 닫힌 채 열리지 않았다.

그때 비한에게 안겨 꺾인 목 때문에 얼굴이 강 쪽을 향해 있는 태무랑이 지금 상황을 전혀 모르는 사람처럼 명랑한 웃음을 흘렸다.

"하하하! 이놈아! 천자, 아니, 미봉은 이미 다른 사내의 품에 안겼으니까 그만 포기해라!"

그는 목이 꺾인 상태라서 숨을 쉴 수가 없고 공력도 끌어올리지 못하지만 기이하게도 피부를 통해서 공기가 체내로 흡수되어 정신은 말짱했다.

지웅단혼의 얼굴이 놀라움으로 물들었다가 착잡하게 변했다. 그는 진짜 사내 중의 사내라서 하늘이 무너져도 눈 하나 까딱하지 않을 성격이지만, 천자필사에 대해서만은 지극한 사랑을 품고 있었다.

그는 태무랑의 말을 믿고 싶지 않았으나 그럴 수가 없었다. 천자필사의 이름인 미봉은 천하에서 오직 지웅단혼만 알고 있기 때문이다.

그녀가 자신의 이름을 다른 사람에게 알렸다는 것은 그 사람의 여자가 됐다는 뜻이다.

지웅단혼은 표정이 여러 차례 변하더니 쥐어짜는 듯한 목소리로 입을 열었다.

“그녀가 그 사내를 사랑하는가?”

“물론이다. 그녀 스스로 옷을 벗고 그 사내 품에 뛰어들었
으니까 말이다.”

“음!”

비한이 대수롭지 않게 꺼낸 말이 이상한 방향으로 흘러갔
으나 태무랑이 제대로 결론을 내주었다.

한 대의 매가 아프기는 하지만, 그래서 상처가 깊이 남겠지
만 그녀를 깨끗이 잊게 해주는 데에는 약효를 발휘할 것이기
때문이다.

잠시 후에 지웅단혼은 고개를 끄덕였다.

“천자가 행복하다면 그것으로 족하다. 이제 우리는 다른
얘기를 하는 것이 좋겠다. 자, 너는 언제 적안혈귀를 우리에
게 넘기겠느냐?”

태무랑은 뜻밖에도 무림에 썩 괜찮은 사내들이 더러 있다
는 사실에 조금 기분이 좋아졌다.

“한, 조금 쌀쌀하긴 하지만 강물에 목욕을 해보는 것도 나
쁘지는 않을 것이다.”

비한은 태무랑의 말뜻을 알아들었다. 절벽에서 스스로 뛰
어내리자는 것이다.

그렇지 않아도 비한 역시 그 방법밖에 없다는 생각을 하고
있었다.

떠밀려서 떨어지는 것은 위험하지만 작정을 하고 떨어지면 충분히 바위를 피할 수도, 더 멀리 날아가서 강물에 빠질 수도 있을 것이다.

태무랑의 말뜻을 비한이 알아들었다면 지웅단혼과 생사쾌살도 알아들었을 것이다.

목이 꺾인 태무랑으로서는 전음을 할 수 없기 때문에 육성으로 말한 것인데 그를 나무랄 일이 아니다.

그런데 지웅단혼과 생사쾌살이 그 사실을 알고서도 제자리에서 꼼짝도 하지 않았다.

비한은 태무랑을 안고 있는 반대쪽으로 힐끗 절벽을 돌아보았다. 뛰어내릴 곳을 눈으로 가늠하기 위해서다.

"억!"

그런데 그 순간 그는 너무 놀라서 자신도 모르게 나직한 외침을 터뜨리며 오히려 세 명의 추격자들 쪽으로 주춤 한 걸음 다가갔다.

왜냐하면 절벽 쪽 허공에 화명군이 우뚝 서서 바람에 옷자락을 날리고 있었기 때문이다.

화명군의 모습은 참혹하기 그지없었다. 태무랑에게 주먹으로 강타를 얻어맞은 왼쪽 관자놀이가 박살 나서 주저앉아 얼굴이 온통 피투성이였다.

또한 염마도에 찍힌 왼쪽 어깨와 비한의 창에 관통당한 가슴에서 흐른 피가 옷을 시뻘겋게 물들였다.

그런데도 그는 아무렇지도 않은 듯 처음에 봤을 때보다 더욱 초연한 모습으로 절벽에서 일 장 쯤 떨어진 허공에 표홀히 서 있었다.

원래 태무랑은 목이 꺾여서 얼굴이 절벽 쪽을 향하고 있기 때문에 화명군이 나타나는 것을 봤으나 굳이 비한에게 알리지 않았다.

알려봤자 그를 놀라게 할 뿐 상황이 별로 달라질 것은 없을 것이라고 판단한 것이다.

극히 짧은 순간 비한의 표정이 복잡하게 여러 차례 변하더니 이윽고 지그시 어금니를 악물었다. 어떤 모종의 결심을 한 것이다.

"이봐 화명군, 네가 필요한 사람은 나니까 이 친구는 놔주도록 해라."

"그러지."

그때 얼굴이 화명군 쪽을 향하고 있는 태무랑이 태연하게 말하자 화명군은 선선히 고개를 끄덕였다.

"들었지 친구? 그렇게 하자고."

태무랑은 진심으로 하는 말이었으나 비한은 그것이 태무랑의 작전이라고 해석했다.

"알겠네."

순간 비한은 발끝으로 힘껏 땅을 박차면서 화명군을 향해 신형을 날려 곧장 부딪쳐 갔다.

휘익!

"내 친구를 받아라!"

찰나 비한은 태무랑을 화명군의 머리 위쪽으로 높이 힘껏 집어 던졌다.

그와 동시에 자신은 맨몸으로 화명군을 향해 부딪쳐 가면서 오른손을 뻗어 전력 일장을 발출했다.

위이잉!

화명군은 자신의 머리 위 일 장 거리에서 쏜살같이 스쳐 지나가는 태무랑을 힐끗 쳐다봤으나 어떤 행동을 취하지는 못했다.

비한이 너무 가까운 거리에서 전력으로 일장을 공격을 해 오고 있기 때문이다.

사실 평소의 화명군 같았으면 비한의 일장 같은 것은 무시해 버렸을 것이다. 그 정도에 적중된다고 해도 별로 다치지 않을 것이기 때문이다.

하지만 그는 지금 좋지 않은 상태다. 태무랑의 염마도에 왼쪽 어깨를 찍혔고, 비한의 창에 등에서 가슴까지 관통을 당했으며, 또다시 태무랑의 발길질에 복부를, 주먹에 관자놀이를 강타당하여 가볍지 않은 부상을 입었다. 그런데다 비한의 일장을 가까운 거리에서 정통으로 적중당하면 결과는 불을 보듯 뻔하다.

지금은 화명군이 태무랑을 붙잡으려면 비한의 일장에 적중당할 수밖에 없는 상황이다.

그리되면 어차피 태무랑을 잡지 못하게 되고 자신은 좋지 않은 상황에 처해 버리고 만다.

그럴 바엔 아예 비한을 처리하고 태무랑을 잡자는 계산을 한 것이다.

화명군은 비한을 향해 슬쩍 손목을 뒤집었다가 먼지를 털어내듯 떨쳤다.

슈웅!

여태까지와는 다른 청광이 번쩍이면서 한 줄기 장풍이 무시무시한 속도로 비한을 향해 뿜어졌다.

뻐억!

"흐악!"

일장은 비한이 먼저 발출했는데 뒤늦게 발출한 화명군의 장풍이 비한의 가슴 한복판에 송두리째 적중되었다.

갈비뼈가 모조리 부러지고 장기가 파열된 비한은 가슴과 입에서 피를 쏟아내며 마치 쏘아낸 화살처럼 쏜살같이 청죽림을 향해 날아갔다.

콰자자작!

그는 청죽들을 부러뜨리면서 십여 장이나 밀려나가 청죽림 한가운데 파묻혀서 쓰러졌다.

화명군은 비한에게 일장을 적중시킨 즉시 태무랑을 쳐다보다가 눈썹을 찌푸렸다.

그가 예상했던 것보다 태무랑이 더 멀리 더 빠르게 날아가고 있었기 때문이다.

그제야 화명군은 비한이 태무랑을 던지는 것에 전력을 다했으며, 정작 자신을 공격한 장력에는 공력이 거의 실리지 않았다는 사실을 깨달았다.

비한은 태무랑을 더 빠르고도 멀리 날려 보내느라 공력을 거의 쏟아내고는 자신을 희생시켰던 것이다.

비한으로서는 그것이 최선의 방법이었다. 어차피 아무것도 하지 않고 있으면 태무랑은 화명군에게 잡힐 수밖에 없는 처지였다.

그러느니 차라리 그를 멀리 강물에 던져서 운명에 맡기는 방법을 선택한 것이다. 물론 비한은 자신에 대해서는 추호도 생각하지 않았다. 그는 오로지 태무랑의 안위만을 염두에 두었다.

화명군이 번쩍 강을 향해 신형을 날렸으나 이미 태무랑과의 거리는 삼십여 장으로 벌어진 상황이다. 더구나 날아가고 있는 태무랑은 아직 비한의 힘이 실려 있기 때문에 속도가 조금도 줄지 않았다.

화명군이 아무리 빨리 뒤쫓는다고 해도 비한이 전력으로 던져 낸 속도보다 빠를 수는 없다.

그렇다고 이대로 두 눈 뻔히 뜨고 태무랑을 놔줄 수는 없다고 판단한 화명군은 결국 그를 죽이기로 작정했다.

그는 태무랑을 향해 쏘아가면서 두 손을 앞으로 모아 손목을 붙이고 무엇인가를 잡는 듯한 자세를 취하며 공력을 끌어올렸다.

후오오―!

순간 그가 쌍장을 쑥 내밀자 새파란 빛 덩어리가 폭발하듯이 뿜어져 나갔다.

그것은 눈 깜짝 할 사이에 태무랑에게 이르러 날아가고 있는 그의 등에 적중되었다.

퍼억!

오륙십 장 떨어진 곳에 있는 화명군이 보기에도 태무랑의 등이 완전히 걸레처럼 찢어지고 터져서 피가 허공에 뿌려지는 것이 똑똑히 보였다.

태무랑은 날아가고 있는데다 등에 가공한 일장을 적중당하여 지금까지보다 세 배 이상 빠른 속도로 날아갔다.

화명군은 자신이 전력으로 발출한 회심의 필살기인 무극청신강(無極靑神罡)에 적중된 태무랑이 즉사했을 것이라고 믿어 의심하지 않았다.

화명군은 능공허도의 보법으로 허공을 천천히 걸어서 절벽 가장자리에 사뿐히 내려선 뒤 태무랑을 돌아보았다.

그가 지켜보고 있는 가운데 태무랑은 절벽에서 백오십여 장쯤 떨어진 강물로 추락했다.

태무랑이 추락한 강의 수면 위로 시뻘건 핏물이 확 번졌고, 그는 다시는 떠오르지 않았다.

화명군은 몸을 돌리며 짧게 명령했다.

"다음은 무령왕가다."

*　　　*　　　*

태무랑의 배는 여전히 그 자리에 떠 있었다.

그리고 그 배에 타고 있던 사람들은 한 명도 배를 떠나지 않았다.

태무랑이 배를 떠날 때 옥령이 물로 뛰어들었으나 태무랑은 끝내 뒤도 돌아보지 않았었다.

결국 보다 못한 우경도가 물로 뛰어들어 가라앉고 있는 그녀를 구했었다.

우경도와 미봉, 형구와 옥령은 서로 그렇게 하자고 한마디도 의논을 하지도 않았으면서 배에 남아 태무랑을 기다리고 있었다.

어느덧 태무랑이 배를 떠난 지 네 시진이 지나 술시(밤 8시)가 돼가고 있다.

배에 있는 네 사람은 한 가지 희망을 품고 있다. 만약 태무랑이 일을 성공리에 잘 끝마치고 나면 배로 돌아올 것이라고 믿고 있는 것이다.

태무랑은 그들에게 떠나라고 했으나 그들은 떠날 마음이 단 일 푼도 없다.

그들은 태무랑을 불사신이라고 생각한다. 세상 사람들이 다 죽어도 그는 절대 죽지 않을 것이고 아무 일 없다는 듯 자신들 앞에 나타날 것이라고 믿고 있다.

야공에는 반달이 떠 있었고, 싸늘한 달빛이 강물 위를 스산하게 비추고 있다.

술시(밤 8시)가 지난 시간에 옥령은 배의 일층 자신의 방에서 밖으로 나왔다.

태무랑이 떠난 이후 네 사람은 식사도 하지 않고 자신의 방에 틀어박혀 있다가 가끔씩 밖으로 나와서 혹시 태무랑이 오지 않나 포구를 바라보다가는 실망한 표정으로 다시 방으로 들어가기를 반복하고 있었다.

형구는 자신의 방에서 술을 퍼마시고 있으며, 우경도와 미봉은 이층 우경도의 방에 함께 있고, 옥령은 예전에 천자필사와 함께 사용하던 일층 방에 혼자 덩그렇게 앉아 있다가 너무 답답해서 밖으로 나왔다.

서늘한 강바람이 불어와 몸은 으스스 추웠으나 답답하기는 방에 있으나 밖에 나오나 마찬가지다.

옥령은 난간가에 서서 포구를 바라보았다. 포구는 환하게 불이 밝혀진 채 수많은 배들이 정박하여 짐을 싣고 내리느라 분주한 광경이다.

그녀는 수많은 사람들과 배들 사이에서 혹시 태무랑이 나룻배를 몰고 오지는 않는지 눈을 동그랗게 뜨고 열심히 찾아보았으나 그의 모습은 보이지 않았다.

"하아……."

그녀는 길게 한숨을 내쉬면서 포구에서 시선을 거두어 잔물결이 일렁이는 수면을 굽어보았다.

야공의 반달이 수면에 비추어 물결 위에 떠서 일렁이며 하얗게 반짝거렸다.

그런데 그 반달에 문득 태무랑의 얼굴이 떠올랐다. 한나절 못 봤을 뿐인데 너무도 보고 싶어서 이제는 수면에 비춘 달 속에서도 그의 얼굴이 떠올랐다.

옥령은 수면에 떠 있는 이지러진 달 속의 태무랑을 진짜 그인 양 뚫어지게 바라보면서 그리움을 달랬다.

'제발 무사히 돌아오세요…….'

두 손을 모으고 간절하게 빌었다.

그런데 수면의 달 속의 태무랑의 모습이 조금 이상했다. 우선 눈을 감고 있고, 얼굴이 푸르스름했으며, 어깨 위의 얼굴이 꺾여 있었다.

그런데 그때 수면의 달 속의 태무랑의 모습이 사라지기 시작했다.

아니, 그의 모습이 달 속에서 나와 배가 있는 쪽으로 둥실둥실 흘러서 다가왔다.

"아……."

옥령은 눈을 크게 뜨며 놀랐다. 달 속의 태무랑 모습이 환상이라고 생각했었는데 그런 것이 아니었다. 정말 태무랑이었던 것이다.

어떻게 된 연유인지는 모르지만 그가 물에 떠서 흘러내려오다가 수면의 달 속을 잠시 스쳐 지나갈 때 옥령이 그를 발견했던 것이다.

"아아… 어떻게 해……."

그녀가 발을 동동 구르고 있는 사이에 태무랑이 배 아래쪽에 부딪쳤다.

퉁!

태무랑의 머리가 배에 부딪쳤다가 몸이 빙그르 돌면서 얼굴이 물속으로 스르르 들어갔다. 그러더니 그의 어깨와 등도 배 밑으로 미끄러져 들어갔다.

"아아……."

옥령은 난간에서 상체를 한껏 아래로 내밀어 손을 뻗었으나 거리가 너무 멀었다.

급한 나머지 앞뒤 가릴 것도 없이 옥령은 난간 밖으로 몸을 내던졌다.

그녀의 마음속에는 오로지 태무랑이 배 밑으로 사라지기 전에 잡아야 한다는 일념뿐이었다. 자신이 헤엄을 못 친다는 것도, 태무랑을 건져서 들어 올릴 힘이 없다는 사실도 생각하지 못했다.

첨벙!

옥령은 물로 뛰어들면서 다급히 손을 내밀어 막 배 밑으로 사라져 가고 있는 태무랑의 한쪽 다리를 붙잡았다.

이어서 그의 다리를 놓치지 않으려고 두 팔로 가슴에 힘껏 끌어안았다.

그때 그녀가 물에 뛰어들면서 난 물소리를 듣고 이층에서 우경도와 미봉이 급히 나왔다.

우경도는 이층 난간에서 아래를 굽어보다가 옥령의 희끗한 옷이 배 밑으로 잠기는 것을 발견하고 길게 생각할 것도 없이 몸을 날렸다.

첨벙!

그는 옥령이 또다시 비관하여 스스로 목숨을 끊으려고 강물로 뛰어든 것이라고 생각했다.

물속으로 잠수한 그는 옥령이 배 아래쪽까지 가라앉아 배 반대쪽으로 넘어가는 것을 발견하고 즉시 손을 뻗어 그녀의 발을 잡았다.

이어서 약간 힘을 주어 잡아당겼으나 그녀의 몸이 어딘가에 걸렸는지 끌려오지 않았다.

우경도가 조금 더 깊이 잠수하여 살펴보니까 옥령의 머리가 배 반대편에 있어서 보이지 않고 그녀의 어깨가 배 밑바닥에 걸려 있었다.

그는 즉시 그녀의 다리를 놓고 두 손을 세차게 저어 배 밑바닥 쪽으로 잠수해 갔다.

옥령은 어깨가 배 밑바닥에 걸려 있는데 얼굴이 반대편 위쪽으로 향해 있었다.

우경도가 살펴보니 그녀는 두 팔로 무언가를 가슴에 꼭 끌어안고 있으며 눈을 부릅뜨고 있는데 코와 입으로 물이 마구 쏟아져 들어가고 있었다.

일견하기에도 그녀가 자신은 돌보지 않은 채 무엇인가를 붙잡으려고 사력을 다하고 있는 광경이다. 물론 그 무엇인가는 그녀의 목숨보다 더 중요한 것처럼 보였다.

우경도는 그녀를 살리기 위해서는 붙잡고 있는 것까지 함께 건져야만 한다고 판단했다.

그는 우선 그녀의 몸을 잡아 배 밑바닥에 걸린 그녀의 어깨를 떼어내고는 팔을 잡고 위로 솟구쳐 오르다가 그녀가 잡고 있는 것이 사람이라는 것을 알게 되었다.

그런데 그 사람의 얼굴을 확인하는 순간 우경도는 심장이 멎을 정도로 소스라치게 놀랐다.

'태 형!'

태무랑과 옥령은 물에 흠뻑 젖은 상태로 배 앞쪽 갑판에 뉘여 있었다.

그러나 우경도와 형구, 미봉의 관심은 오로지 태무랑에게 집중되어 있는 상태라서 옥령은 관심 밖이었다. 그녀는 태무랑에게서 일 장쯤 떨어진 곳에 물 먹은 솜처럼 축 늘어져 있었다.

세 사람은 목이 완전히 왼쪽으로 꺾여서 누워 있는 태무랑을 보면서 어쩔 줄을 몰랐다.

도대체 지금 이 일이 기뻐해야 할 일인지 슬픈 일인지조차 알지 못했다. 너무나 졸지에 벌어진 일이라서 다들 정신을 차릴 수가 없었다.

술이 많이 취했던 형구는 술이 확 깬 모습으로 태무랑 머리맡에 주저앉아 반쯤 정신 나간 표정으로 그를 굽어보며 중얼거렸다.

"으으… 도대체 무랑이 어떻게 된 거야? 죽은 건지 살아 있는 건지 알 수가 없어."

그 말에 번쩍 정신을 차린 우경도가 급히 태무랑 옆에 앉아서 손목을 잡아보고 심장박동을 확인하고는 안도의 표정을 지었다.

"살아 있네. 하지만 맥과 심장박동이 매우 약하네."

그 말에 형구와 미봉은 크게 안도의 표정을 지었다.

그러나 우경도는 곧 고개를 갸웃거렸다.

"그런데 태 형이 숨을 쉬지 않는군. 심장과 맥은 뛰는데 어째서 숨을 쉬지 않는지 모르겠네."

그때 갑자기 놀라운 일이 벌어졌다. 태무랑이 천천히 눈을 뜬 것이다.

"무랑아!"

"태 형!"

세 사람이 놀라고 기뻐서 아우성을 터뜨리는데, 태무랑은 눈을 껌뻑거리더니 조용히 입을 열었다.

"옥령을 살펴봐라."

그는 아까 꼼짝도 할 수 없는 상황에서 옥령이 자신을 발견하고 또 구하려고 했던 일을 알고 있었던 것이다.

그제야 우경도와 미봉은 옥령을 생각해 내고 깜짝 놀라서 그녀를 돌아보는데 형구는 꿈쩍도 하지 않고 태무랑 옆에 붙어 앉아 있다.

우경도는 태무랑이 깨어났으므로 일단 안심해도 된다고 여기고 능숙한 솜씨로 옥령을 엎어놓고 허리를 들어 올려 물을 토하게 하고는 다시 똑바로 눕혔다.

그리고 그녀가 심하게 기침을 하면서 깨어나는 것을 보고서야 다시 태무랑에게 돌아섰다.

"태 형, 자네 목을 어떻게 해야 하는지 가르쳐 주게."

"나도 모르겠다."

태무랑은 암담한 표정을 지었다. 하지만 그는 자신보다는 비한에 대한 걱정이 가득했다.

비한이 그를 살리려고 전력으로 멀리 집어 던졌으나 비한 자신은 화명군에게 무사하지 못했을 것이다. 그가 살았을 가능성은 매우 희박하다.

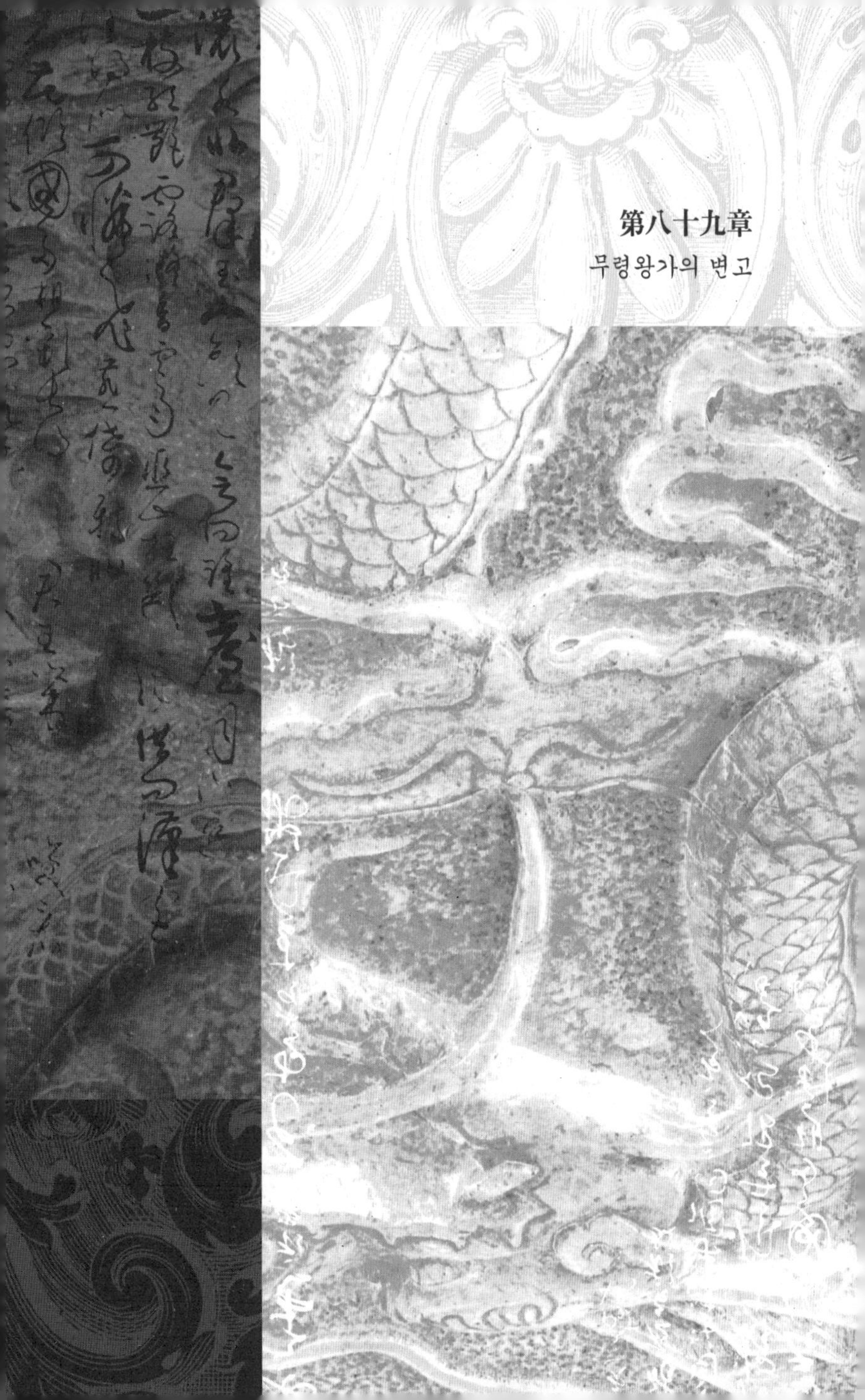

第八十九章

무령왕가의 변고

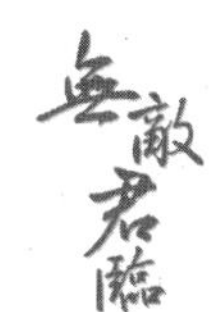

　태무랑은 이층 자신의 선실 침상에 눕혀졌다.

　우경도와 형구는 그의 몸 상태를 제대로 확인하기 위해서 옷을 다 벗겼다.

　갑판에서 이층으로 옮기는 과정에 그의 몸을 얼핏 보고 중상을 입었다는 것을 알게 되었다.

　그런데 벗겨놓고 보니까 심한 정도가 아니라 그야말로 만신창이 상태였다.

　그의 등은 한복판에 번갯불을 맞은 듯 꿰뚫렸으며 등뼈가 완전히 박살 났고 으깨지고 잘라진 장기들이 너덜거리고 있는 처참한 모습이었다.

　우경도 등은 태무랑이 스스로 상처를 치유하는 능력이 있다는 사실을 알고 있기에 그의 그런 모습에 더욱 경악할 수밖에 없었다.

　상처가 그대로 있다는 것은 그가 치유 능력을 상실했다는 뜻이기 때문이다.

　태무랑은 화명군의 무극청신강에 등과 가슴이 관통된 상태라서 똑바로 눕혀놓을 수도 뒤집어놓지도 못한다. 더구나 목이 왼쪽으로 꺾였기 때문에 오른쪽 옆면을 바닥에 대고 옆으로 눕힐 수밖에 없는 상태다.

　상황이 상황이니만큼 옥령과 미봉도 침상 가에 서서 몹시 걱정 어린 표정으로 지켜보고 있었다.

　하지만 그녀들은 태무랑의 알몸을 보기보다는 그의 꺾인 목과 등의 상처를 보면서 하염없이 눈물을 흘릴 뿐이다.

　우경도로서도 달리 어떻게 손을 써야 할는지 몰라서 초조하고 다급한 표정으로 발만 구르고 있었다.

　태무랑은 계속 깨어 있는 것이 아니라 줄곧 눈을 감고 있다가 이따금 눈을 떴으며 말하는 것이 몹시 힘겨운 듯 좀처럼 말을 하지 않았다.

　아까 우경도가 태무랑에게 목을 어떻게 해야 하는지 물었을 때 ‘나도 모르겠다’라고 대답한 이후에는 줄곧 눈을 감고 있는 중이다.

그래서 우경도 등은 그가 정신을 잃은 것인지 아니면 생각에 잠겨 있는 것인지 알 수가 없었다.

그때 옥령이 태무랑에게 가까이 다가가 희디흰 손을 뻗어 조심스럽게 그의 어깨를 가만히 만졌다.

그녀는 태무랑을 구하려고 강물에 뛰어들었다가 죽을 뻔했으나 쉬고 있으라는 우경도의 말도 듣지 않은 채 부득부득 올라와 태무랑 곁을 지키고 있었다.

그녀는 태무랑의 어깨를 만지던 손을 조금 올려서 그의 꺾어진 목 부위를 부드럽게 쓰다듬었다.

하지만 아무도 그녀의 행동을 만류하지도 꾸짖지도 않았다.

문득 옥령이 사근사근한 목소리로 입을 열었다.

"아파요?"

"우 형, 목을 펴봐."

그런데 갑자기 태무랑이 눈을 뜨지 않은 상태에서 불쑥 요구했다.

옥령은 깜짝 놀라서 손을 떼고, 우경도와 형구, 미봉은 눈을 동그랗게 떴다.

옥령이 급히 물러나고 대신 우경도가 태무랑에게 바짝 다가섰다.

“어떻게 펴라는 것인가?”

“그냥 펴.”

태무랑은 눈을 뜨지 않은 채 조용히 대답했다. 사실 그는 강물에서 건져진 이후부터 줄곧 꺾인 목에 대해서 생각하고 있었다.

그가 목이 부러지고서도 죽지 않은 것은 여전히 숨을 쉴 수 있기 때문이다.

코와 입으로 숨을 쉴 수 없는데도 어떻게 숨을 쉴 수 있는지 이유에 대해서는 그 자신도 정확하게 모르고 있다. 단지 온몸 살갗을 통해서 신선한 느낌이 스며들고 있는 것으로 미루어 어쩌면 살갗으로 숨을 쉬고 있을지도 모른다는 다소 엉뚱한 생각을 해보는 정도다.

또한 그는 상처가 전혀 치료되지 않는 이유가 목이 꺾였기 때문일 것이라고 짐작했다.

그것 역시 정확한 이유는 모르지만 목이 꺾인 탓에 오행지기가 전신을 주천하지 못하는 것이 원인일지 모른다고 막연하게 추측하고 있을 뿐이다.

그래서 오랜 생각 끝에 일단 꺾인 목을 펴야 한다는 결론을 내렸다.

목이 꺾였다는 것은 목뼈가 부러졌다는 뜻이다. 그런데 그것을 펴려다가는 오히려 더 큰 화를 부를 수가 있다. 즉, 이차 부상을 입게 될 위험이다.

부러진 목뼈의 날카로운 단면이 살을 찌를 수 있기 때문이다.

세상의 사물들은 한 번 부러지면 그것으로 끝이다. 다시 펴서 맞춘다고 해도 결코 원래대로 돌아갈 수가 없다. 사람의 목이라고 다르지 않을 것이다. 아니, 오히려 사람의 목은 더 위험천만하다.

하지만 그렇다고 언제까지 이대로 있을 수는 없는 노릇이다. 또한 더 오래 생각한다고 해서 목을 펴는 것보다 나은 방법이 생각날 것 같지도 않았다.

우경도는 태무랑이 평소에 농담을 하지 않는다는 것을 잘 알고 있다.

더구나 이런 상황에서 그가 농담을 할 리 만무하다. 그러므로 그가 목을 펴라고 한다면 말 그대로 꺾어지고 부러진 목을 똑바로 펴라는 뜻이다.

하지만 그의 말대로 즉시 실행할 수는 없다. 목을 펴다가 잘못되기라도 하면 다시는 돌이킬 수 없는 상황이 발생할 것이기 때문이다. 그때 가서 후회해도 소용이 없다.

"펴… 라는 말이지?"

우경도는 몹시 심각한 표정으로 확인하듯 중얼거렸다.

태무랑은 눈을 지그시 감고 있을 뿐 대답하지 않았다.

　형구와 옥령, 미봉도 극도로 긴장한 표정으로 뚫어지게 태무랑의 꺾인 목을 주시했다. 그들이 생각하기에 이것은 미친 짓이 분명했다. 하지만 그것 외에는 방법이 없다는 사실 또한 잘 알고 있다.

　이윽고 우경도가 심호흡을 하더니 태무랑의 머리 쪽으로 이동하여 그를 똑바로 눕히고는 자세를 잡더니 두 손을 내밀어 그의 머리를 잡았다.

　슥―

　"몸을 붙잡아."

　그가 긴장하여 중얼거리자 형구와 옥령, 미봉이 동시에 태무랑의 몸에 달라붙어 몸을 꼭 붙잡았다.

　"편다."

　준비를 끝낸 우경도의 말에 그 자신은 물론 세 사람도 바짝 긴장했다.

　하지만 당사자인 태무랑은 눈을 꾹 감은 채 아무런 표정도 짓지 않았다.

　우경도는 손에 지그시 힘을 주다가 어금니를 힘껏 악물고는 단번에 목을 똑바로 폈다.

　우두둑!

　형구와 옥령, 미봉이 깜짝 놀라 쳐다보자 태무랑의 목은 어느새 똑바로 펴져 있었다.

우경도를 비롯한 네 사람은 눈도 깜빡이지 않고 뚫어지게 태무랑의 얼굴을 주시했다.

그들은 무슨 일이 벌어질지 몰라 주먹을 꼭 쥐고 더할 수 없이 긴장한 표정을 지었다.

잠시 흡사 무덤 속 같은 질식할 듯한 침묵이 흘렀다.

투둑. 두두둑.

그때 갑자기 태무랑의 목에서 나직하고 둔탁한 음향이 흘러나오기 시작했다.

모두들 화들짝 놀라는데 우경도만이 환한 표정을 지으면서 아무 말도 하지 않고 두 손을 벌리며 모두 뒤로 물러나게 했다.

우경도는 그 소리가 태무랑이 스스로 부러진 목뼈를 치료하는 것이라고 여긴 것이다.

모두의 시선이 태무랑의 목에 집중된 상태에서 한동안 뼈마디 부딪치는 소리가 계속되더니 멈추었다.

스스으.

그러더니 곧 똑바로 누워 있는 그의 가슴의 상처가 빠른 속도로 아물었다.

실내에 정적이 찾아들었다. 태무랑은 침상에 반듯하게 누워 있고, 우경도 등 네 사람은 침상에서 서너 걸음 떨어진 곳에 나란히 서서 극도로 긴장된 표정으로 눈도 깜빡이지 않고 쳐다보았다.

"후우……."

그때 태무랑이 긴 한숨을 토해내자 네 사람은 깜짝 놀라더니 곧 환한 표정을 지었다.

뒤이어 그는 천천히 눈을 뜨고 물끄러미 네 사람을 한 사람씩 쳐다보았다.

옥령은 태무랑의 시선이 자신에게 향하자 왈칵 눈물을 쏟아냈다. 그가 살아서 돌아왔다는 사실이 꿈만 같았고 또 너무 기뻤다.

"괜… 찮은가?"

우경도는 방금 전에 태무랑이 스스로를 치료하는 광경을 지켜보고서도 초조한 표정으로 그렇게 물었다.

"잘 모르겠네. 우 형 보기에는 괜찮은가?"

태무랑의 말에 우경도와 세 사람은 혹시 다른 이상은 없는지 그의 몸 곳곳을 자세히 살펴보았다.

우경도와 형구는 태무랑의 몸이 한 군데도 이상이 없음을 확인하고 안도의 표정을 지었다.

그런데 여자인 옥령과 미봉은 그의 몸을 살피다가 음경에 시선이 고정되며 얼굴이 붉어졌다.

여태까지 그가 벌거벗은 몸이었는데 경황 중에 보지 못하다가 이제야 눈에 들어온 것이다.

형구가 그녀들의 그런 모습을 발견하고 눈을 부라리며 호통을 쳤다.

"이런… 음탕한 계집들이 어딜 감히!"

형구는 진짜 화를 내는 것이 아니다. 너무 기분이 좋아서 괜히 애꿎은 여자들을 닦달하고 있는 것이다.

옥령이 말없이 태무랑의 새 옷을 가져와서 조심스럽게 침상에 놓고 물러났다.

태무랑은 모두들 지켜보는 가운데 옷을 입고 침상에 앉아서 운공조식을 시작했다.

급한 것이 많지만 무엇보다도 자신의 현재 몸 상태를 알아야 하기 때문이다.

이각 후 운공조식을 끝낸 태무랑은 자신의 몸과 오행지기가 원 상태로 회복되었음을 확인했다.

그는 즉시 침상에서 내려와 문으로 가다가 우경도와 형구의 제지를 받았다.

"어딜 가는 겐가?"

"도대체 무슨 일인지 설명이나 좀 해봐라!"

태무랑은 마음이 급했으나 걸음을 멈추고 그동안 있었던 일들을 간략하게 설명해 주었다.

태무랑이 함정에 빠지고 비한과 함께 화명군에게 당했다

는 말에 우경도 등은 크게 놀랐다.

"무극신련 총련주 화명군이라는 자가 그렇게 강하다는 말이냐? 무랑 너하고 비한이 합세해도 안 될 정도야? 믿을 수가 없다."

형구는 말도 안 된다는 표정으로 소리쳤다. 그는 천하에서 태무랑이 가장 고강한 줄 알고 있다.

그때 태무랑의 표정이 굳어지더니 나직이 중얼거렸다.

"누가 오고 있다."

우경도가 즉시 창을 약간 열고 밖을 내다보다가 빠른 어조로 말했다.

"풍개가 오고 있네."

그는 나룻배를 타고 오는 신풍개가 몹시 당황하고 또 다급한 표정이라는 말은 하지 않았다.

태무랑은 그렇지 않아도 비한이 어떻게 됐는지, 화명군 등이 어디로 사라졌는지 매우 궁금했던 참이라서 마침 잘 됐다 싶었다.

태무랑 등은 급히 선실 밖으로 몰려 나가 부지런히 노를 저어 오고 있는 신풍개를 쳐다보았다.

신풍개는 이쪽을 쳐다보다가 태무랑을 발견하고는 깜짝 놀라더니 갑자기 실성한 사람처럼 외쳤다.

"태 형! 무사했구나! 살아 있었어!"

　나룻배가 조금 더 가까이 다가오자 그는 신형을 날려 단번에 배 갑판에 내려섰다가 다시 솟구쳐 올라 태무랑 앞에 내려서더니 덥석 그의 두 손을 잡았다.

　신풍개는 목이 메는지 아무 말도 못하고 굵은 눈물을 뚝뚝 흘리며 어쩔 줄을 몰랐다.

　태무랑은 아무래도 그의 표정과 행동이 미심쩍어서 다그쳐 물었다.

　"풍개, 왜 그러느냐? 혹시 무슨 일이 있는 것이냐?"

　"크흐흑! 태 형… 이 일을 어떻게 하면 좋은가?"

　태무랑은 불길한 예감이 파도처럼 엄습했다. 무령왕가에 무슨 변고가 닥친 것이 아닌가 하는 직감이 들었다.

　"대체 무슨 일이냐? 어서 말을 해봐라, 풍개!"

　"으흐흑……! 무령왕가에 변고가 생겼네……."

　순간 태무랑은 직감이 적중하자 등골이 쭈뼛하며 온몸에 소름이 끼쳤다.

　그러면서 온갖 불길한 상상들이 찰나지간에 머릿속을 스치고 지나갔다.

　"아까 오후에 무령왕가에 괴한들이 들이닥쳐서 불을 지르고 닥치는 대로 살인을 저질렀다네."

　"령아와 연아는? 아버님과 어머님께선 무사하신가?"

　"태 형… 크흐흑……!"

태무랑이 눈에 핏발이 곤두서서 두 손으로 신풍개의 어깨를 움켜잡고 캐묻자 그는 갑자기 통곡을 하면서 대답을 하지 못했다.

철썩!

"풍개! 자세히 말해봐라!"

태무랑이 뺨을 후려갈기자 신풍개는 고개가 휙 돌아갔다가 왼쪽 뺨에 붉은 손바닥 자국이 부어오르며 정신을 차렸다. 그렇지만 울음을 그치지는 못했다.

"크흑흑! 수월화 소저와 화연이, 그리고 무령왕 내외 모두 납치됐다네."

"납…… 치?"

태무랑은 정신이 아득해지고 머릿속이 텅 비었다. 방금 신풍개에게 들은 말은 그가 상상할 수 있는 최악의 상황이 현실로 벌어진 것이다.

신풍개는 그때 상황에 대해서 자신이 아는 대로 횡설수설 설명을 했다.

그의 말을 정리하면 대충 이렇다.

오늘 오후 신시(4시) 무렵에 일단의 무리가 무령왕가를 급습했다고 한다. 그들의 수가 얼마인지는 정확하게, 아니, 대충이라도 모른다.

평온하던 무령왕가 여러 군데 전각에서 갑자기 거센 불길이 치솟아서 순식간에 난장판으로 변했다.

그런데 군사들이 불을 끄려고 소란한 사이에 무령왕의 거처인 무령총전과 수월화와 태화연의 거처인 우장각에서 갑자기 비명 소리가 마구 쏟아져 나왔다.

놀란 군사들이 무령총전과 우장각으로 달려갔을 때에는 이미 모든 것이 끝난 후였다.

두 전각 안에는 군사들과 시녀들의 시체 수백 구가 즐비했으며, 수월화와 태화연, 무령왕 부부의 모습은 어디에서도 찾을 수가 없었다.

그 즉시 우장거와 좌장거의 장군과 장수들이 군사들을 거느리고 무령왕가 주위와 남경 성내를 샅샅이 뒤졌으나 괴한들과 수월화 등의 모습은 어디에서도 찾지 못했다. 그리고 무령왕가는 불이 강풍을 타고 계속 번지면서 아직도 화염에 휩싸여 있는 중이다.

"으드득! 화명군이 분명하다!"

설명을 다 듣고 난 태무랑은 분노로 몸을 부들부들 떨면서 이를 갈았다.

우경도가 망연자실한 표정으로 중얼거렸다.

"음! 그자는 태 형과 비 형을 그 지경으로 만들어놓은 직후에 무령왕가로 간 것이로군."

태무랑은 우경도와 형구에게 당부하듯이 말했다.

"너희는 지금 즉시 수월원으로 가서 한을 찾아라."

"비한이 거기에 있어?"

"반드시 시체라도 찾아야 한다."

태무랑은 형구의 물음을 묵살했다.

수월화와 태화연 등이 납치된 것도 중요하지만, 비한을 그냥 내버려 둘 수는 없다. 그는 조금 전에 비한을 찾으러 수월원으로 가려고 했었다.

화명군이 단유천으로 변신을 하여 태무랑을 함정에 빠트렸을 때부터, 비한은 여러 차례나 그의 목숨을 구했으며, 끝내 마지막으로 그를 구해주고 그 자신은 화명군의 제물이 되는 최악의 길을 택했다. 그러므로 위급함의 순서로 치자면 비한을 제일로 쳐야 한다.

그러나 지금 태무랑의 솔직한 심정은 비한에게 달려가는 것보다는 수월화와 태화연의 안위가 더 급하다. 인지상정이란 이런 경우를 두고 하는 말인 듯하다.

태무랑은 마음이 더할 수 없이 급하지만 침착함을 유지하려고 애썼다.

"풍개, 어쩌면 상아에게서 전서구가 올지 모른다. 연락이 오면 즉시 내게 알려다오."

사실 그는 단유천을 찾았다는 비한의 연락을 받고 그에게 가기 전에 철화천궁 남경지부에 있는 벽교상에게 먼저 들러서 한 가지 부탁을 했었다.

즉, 그녀에게 수월화와 태화연 등을 잠시 동안 지켜봐달라고 했던 것이다.

그러나 만약 화명군이 직접 심복들을 이끌고 무령왕가를 급습했다면 벽교상으로서도 어쩔 도리가 없었을 것이다. 그녀가 태무랑보다 고강하기는 하지만 화명군의 적수는 못 될 것이기 때문이다.

해시(밤 10시) 무렵.

태무랑이 무령왕가에 도착했을 때 다행히 불길은 거의 잡혀가고 있었다.

그러나 무령왕가는 마치 한바탕 전쟁이 벌어진 직후의 처참한 상황이었다.

곳곳에서 아직도 연기가 피어올랐고 군사들과 시녀들의 외침이 어지럽게 터져 나오고 있었다.

"주군!"

태무랑이 돌아왔다는 보고를 받은 군사 명운이 엎어질 듯이 한달음에 달려왔다.

"크흐흑! 소임을 다하지 못했습니다! 죽을죄를 졌습니다! 벌을 내려주십시오!"

명운은 태무랑 앞에 무릎을 꿇고 이마를 땅에 부딪치며 오열을 터뜨렸다.

태무랑이 부재중에 무령왕 내외와 수월화, 태화연이 괴한에게 납치됐으니 우장각 군사인 명운으로서는 입이 백 개라도 변명의 여지가 없는 상황이다.

그러나 태무랑은 그를 꾸짖지 않았다. 아니, 꾸짖을 수가 없다. 무령왕가를 풍비박산으로 만든 것은 순전히 태무랑이 원인이기 때문이다.

만약 수월화와 태화연, 무령왕 내외에게 무슨 일이 생긴다면 그는 죽어도 눈을 감지 못할 것이다.

"풍개에게 설명을 들었다. 어떻게 됐느냐?"

태무랑은 명운을 일으키며 초조하게 물었다.

"우사령 검호와 총사좌장군의 장수들이 군사들을 이끌고 남경성 안팎을 샅샅이 수색하고 있지만 아직 별다른 보고가 없습니다."

태무랑은 우장각 앞마당에 나란히 눕혀져 있는 수백 구의 시신을 착잡한 표정으로 쳐다보았다. 그들은 우장각 주변과 우장각 안에 있다가 화명군 일당에게 이유도 모른 채 죽임을 당했다.

명운이 착잡한 표정을 감추지 못하며 보고했다.

"전하 내외분과 공주님, 그리고 소저를 납치한 괴한들이 대체 누구인지, 또 무엇 때문에 그분들을 납치했는지도 모르기 때문에 어디에서부터 어떻게 손을 써야 할지 모르고 있는 상황입니다."

태무랑은 화명군이 무령왕가를 급습했다는 말을 들었을 때 쇠망치로 머리를 세게 얻어맞은 것처럼 큰 충격을 받고 정신을 차리지 못했었다.

그는 얼마 전에 화명군이 북경으로 가서 무령왕의 친형이며 현재 황제 대신 섭정을 하고 있는 현도왕을 암살할 것이라고 거의 확신했었다.

그런데 현도왕이 암살을 당했다는 소식은 없고 화명군은 오히려 무령왕 내외와 수월화, 태화연을 납치했다.

화명군은 태무랑이 죽었을 것이라고 생각할 터이고, 그것으로써 모든 것은 끝났다.

그런 상황에서 무엇 때문에 그들 네 사람을 납치한 것인지 도무지 짐작조차 할 수가 없다.

하지만 화명군이 나쁜 마음으로 그들을 납치했을 것이라는 사실은 분명하다.

현재 태무랑이 할 수 있는 일은 한 가지뿐이다. 무슨 수를 써서라도 그들을 찾아내야만 한다.

그것은 단유천을 죽여서 복수를 하는 것보다 급선무고 더 중요한 당면과제다.

아니, 그들을 무사히 구할 수만 있다면 복수를 포기할 수도 있다는 것이 그의 솔직한 심정이다.

그렇지만 수월화 등을 찾는 일은 지금으로선 태무랑이 하지 못한다. 벽교상이 연락을 해오기만 기다리는 것뿐이다.

그는 우장각 입구로 향하다가 동행한 명운으로부터 가슴 아픈 보고를 들었다.

"주군, 남악 좌사령이 죽었습니다."

태무랑은 걸음을 뚝 멈추고 착잡한 얼굴로 그를 돌아보았다.

"남악 좌사령과 검호 우사령이 번갈아가면서 공주님과 소저를 호위했는데 오늘은 남악 좌사령 차례였습니다."

태무랑은 명운의 안내로 우장각 앞마당에 즐비한 시신들 속에 눕혀져 있는 남악의 시신 앞에 섰다.

기골이 장대하고 용맹한 모습의 남악은 안색이 파리한 주검으로 태무랑을 맞이했다.

태무랑은 남악의 시신을 굽어보면서 마음이 더할 수 없이 착잡했다.

그는 태무랑 때문에 죽었다. 태무랑이 아니었으면 지금 그는 팔팔하게 살아 있을 것이다. 그의 죽음으로 그의 가족들도 슬픔과 절망에 빠질 것이다.

그것 역시 태무랑이 안겨주었다. 남악뿐만 아니라 이곳에 누워 있는 수백 구의 시신도 태무랑이 죽인 것이나 다름없다.

그는 남악과 수백 구의 시신 앞에 무릎을 꿇고 용서를 빌고 싶은 간절한 마음을 애써 견뎠다.

태무랑이 우장각 삼층에서 명운과 장수들의 보고를 받고 있을 때 검호와 함께 갔던 좌장각의 장수들이 돌아왔다.

태무랑이 예상했던 대로 그들은 수월화 등을 찾지 못했다.

그런데 그들은 태무랑으로서는 예상하지도 못했던 소식을 갖고 돌아왔다.

"주군, 황상(皇上)께서 승하하셨다고 합니다."

황제는 중병에 걸려서 오랫동안 자리보전하고 있었기 때문에 당장 죽었다고 해도 별로 놀라운 일은 되지 못한다. 하지만 어째서 하필이면 지금 죽은 것인지 고개가 갸웃거려지는 일이다.

검호의 보고는 그것이 끝이 아니다.

"지금 황도(皇都:북경)에서 토벌대가 내려오고 있다는 보고를 받았습니다."

"토벌대?"

황제의 죽음과 토벌대는 전혀 어울리지 않는 소식이다. 하지만 태무랑은 두 개의 사건이 필시 무슨 연관이 있을 것이라는 직감이 들었다.

무릎을 꿇고 있는 검호는 고개를 들고 태무랑을 쳐다보며 공손히 말을 이었다.

"토벌대의 임무는 이곳 무령왕가를 봉문(封門)하는 것과 아울러 무령왕 전하의 장군과 장수들을 황도로 압송하고, 사병들을 해체하기 위함이라고 합니다."

"뭐어?"

태무랑은 너무 어이가 없어서 자신이 잘못 들은 것이 아닌가 하는 생각마저 들었다.

그러나 검호의 마지막 한마디가 이것이 현실이라는 것과 또한 대체 어떻게 된 영문인지를 알게 해주었다.

"무령왕 전하께서 자객을 보내 황상을 암살했다는 증거를 현도왕 전하께서 갖고 계시다고 합니다."

태무랑의 얼굴에 망연자실한 표정이 떠올라 한동안 지워지지 않았다.

"아버님께서 황상을 암살했다고?"

놀라고 있던 명운이 강하게 고개를 흔들었다.

"주군! 절대 그럴 리가 없습니다!"

무령왕이 그런 짓을 할 리가 없다는 것은 태무랑이 더 잘 알고 있다.

한참 후에 태무랑의 얼굴이 보기 싫게 일그러지면서 울분에 찬 신음이 새어 나왔다.

"이놈들……."

그는 이제야 어떻게 된 일인지 알 것 같았다. 화명군은 단유천이 무령왕가에 잠입했던 일에 대한 중벌을 면하기 위해서 실권자인 현도왕을 죽이러 북경에 간 것이 아니라 그와 흥정을 하러 간 것이 분명했다.

화명군과 현도왕은 일종의 거래를 한 것 같다. 화명군과 단유천, 무극신련에 내려질 삼족몰살의 중벌을 현도왕이 용서해 주는 대신 황제를 암살하고 무령왕 등을 납치해 오라고 조건을 내세웠을 것이다.

황제가 죽으면 현도왕과 무령왕 둘 중 한 사람이 황위에 오르게 된다.

그런데 황제를 암살한 반역죄를 무령왕에게 뒤집어씌워 그를 납치해 오면 현도왕은 손가락 하나 까딱하지 않고서도 만조백관의 추대를 받아 자연스럽게 황위에 오를 수 있게 되는 것이다.

그렇다면 화명군은 수월화와 태화연, 무령왕 내외를 납치하여 현재 북경으로 북상하고 있는 중일 것이다.

명운과 검호, 비한의 심복들인 좌장각의 장수들이 무릎을 꿇거나 도열해 있는 가운데 단상의 의자에 앉은 태무랑은 돌덩이처럼 굳은 얼굴로 한동안 깊은 생각에 잠겼다.

명운과 검호 등은 초조한 표정으로 태무랑을 주시했다. 현재 무령왕과 비한이 없는 상황에서 총사우장군인 태무랑이 최고지휘자다.

그가 무령왕가의 이천여 군사와 오만여 사병의 생살여탈권을 한 손에 쥐고 있는 것이다.

조금 전까지만 해도 수월화 등을 찾아서 구하는 것이 급선무였다.

하지만 지금은 무령왕가를 봉문하고 무령왕의 심복들을 압송하며, 군사들을 해체하러 오는 토벌대를 상대하는 것이 발등에 떨어진 불이 됐다.

소나기는 무조건 피하고 보는 것이 상식이다. 가만히 앉아서 토벌대라는 소나기를 맞이하는 것은 말도 되지 않는다.

무령왕이 현도왕의 음모에 빠져 반역의 누명을 쓴 채 납치된 마당에, 그의 기반을 송두리째 물거품으로 만들 수는 없는 노릇이다.

더구나 이 모든 변괴는 태무랑이 원인 제공을 하지 않았는가. 그가 아니었으면, 수월화와 무령왕이 그와 인연을 맺지 않았더라면 이런 일은 일어나지도 않았을 것이다.

그렇기 때문에 태무랑은 목숨이 붙어 있는 한 무령왕가를 지켜내야만 한다.

일다경 이상 장고하던 태무랑이 이윽고 검호를 굽어보면서 묵직하게 입을 열었다.

"검호, 토벌대 규모는 어느 정도냐?"

"북경 구문제독부 휘하의 이십만입니다."

명운이 설명했다.

"구문제독부 휘하 군사들은 최정예입니다."

비한의 수하 중에 좌사령 묵종(墨宗)이라는 자가 공손히 아뢰었다.

"우장군, 토벌대를 이십만이나 보낸 것은 우리를 해체하려는 것이 아니라 말 그대로 토벌, 즉 모두 죽이려는 의도가 분명합니다."

"속하도 그렇게 생각합니다."

명운이 심각한 표정으로 고개를 끄덕였다.

태무랑이 다시 검호에게 물었다.

"토벌대는 어디까지 왔느냐?"

"두 시진 전의 보고에 의하면 제남을 지났다고 합니다."

그 말을 듣고 명운이 이를 갈았다.

"그렇다면 토벌대는 황상께서 승하하시기 전에 북경을 출발했다는 얘깁니다!"

말하자면 현도왕은 속전속결로 무령왕가를 몰살시키기 위해서 화명군이 황제를 암살하기도 전에 남경으로 토벌대를 출발시켰다는 뜻이다.

태무랑은 수하들을 둘러보며 나직한 목소리로 물었다.

"너희들 의견은 어떠냐?"

모두들 당연하다는 듯 강인한 표정을 지으며 입을 모았다.

"결사항전 하겠습니다!"

"이대로 물러설 수는 없습니다!"

태무랑은 진지한 표정으로 고개를 끄덕였다.

"고맙다."

그의 말에 장수들이 펄쩍 뛰었다.

"그런 말씀 마십시오!"

"속하들이야말로 장군께 감사를 드려야 합니다!"

태무랑은 손을 저어 조용하라는 시늉을 한 후에 검호에게 물었다.

"그런데 너는 어떻게 이런 정보들을 얻었느냐?"

"황궁과 북경 구문제독부 내에는 무령왕 전하의 세작(細作:첩자)들이 곳곳에 있습니다. 현재 그들 중에 일부가 토벌대를 뒤따르면서 매시간 전서구를 보내는 것입니다."

이후 태무랑은 수하들과 긴밀하게 상의한 후에 몇 가지 명령을 내렸다.

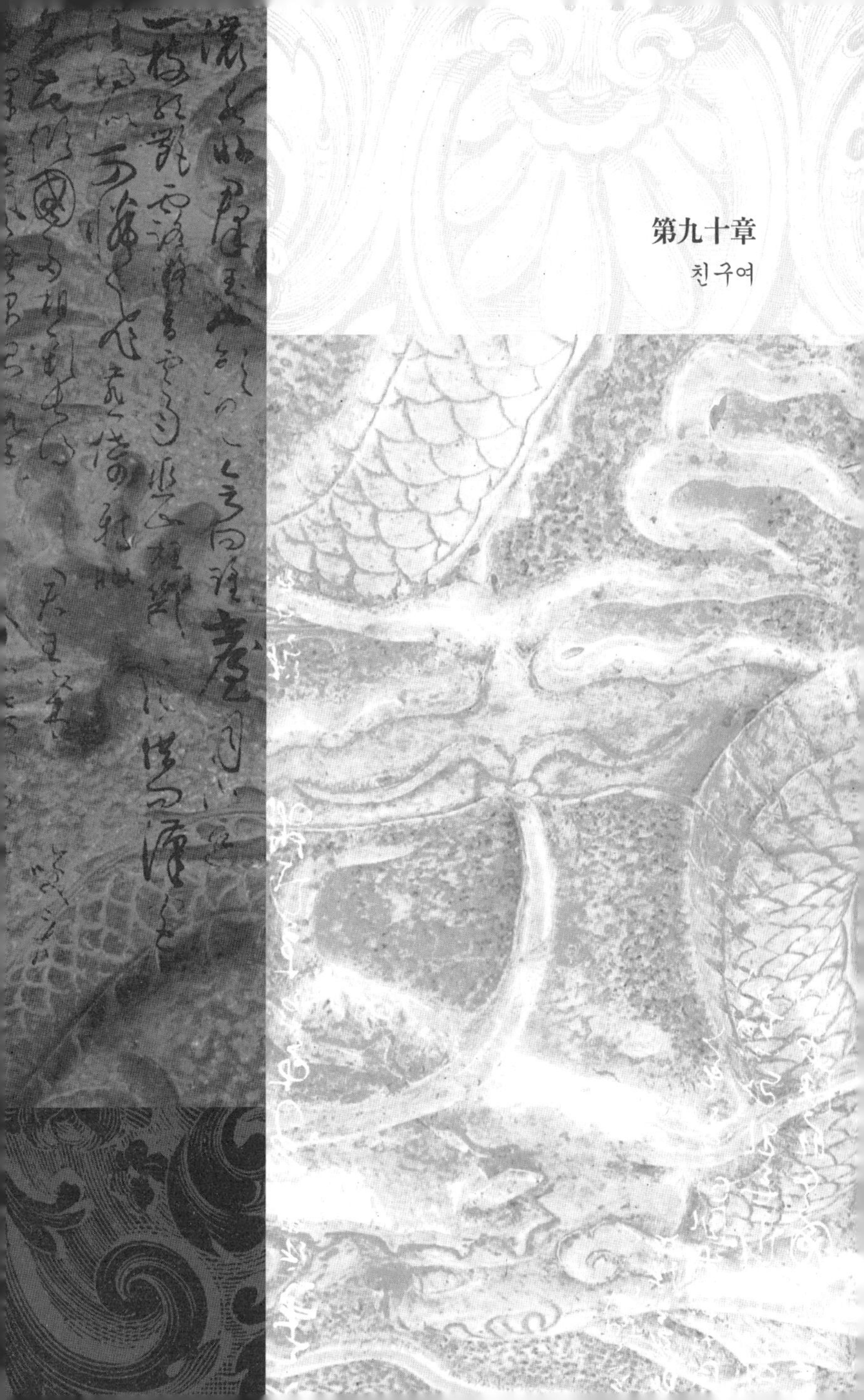

第九十章
친구여

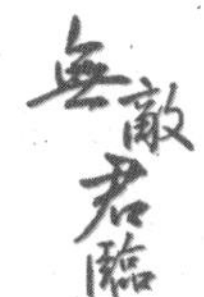

남경성 전역에 짙은 전운(戰雲)이 감돌았다.

무령왕 휘하의 사병들이 성 밖 장강 변에 겹겹이 군진(軍陣)을 형성했다.

또한 남경으로 이르는 요소요소에 군사가 수천 명씩 매복하여 토벌대를 급습할 태세를 갖추었다.

토벌대의 목적이 무령왕가라고 하지만 무령왕의 영지인 남경을 가만히 놔둘 리가 없다.

모르긴 해도 토벌대는 남경성 안팎을 초토로 만들어 버릴 것이 틀림없다.

그러나 토벌대는 무려 이십만이며 최정예인 구문제독부의 군사들이다. 무령왕의 사병 오만으로 그들을 상대하는 것은 불가능한 일이다.

더구나 싸움이 벌어지면 피아간에 수많은 사상자가 발생할 것이다.

구문제독부의 군사들이나 무령왕의 사병들이나 다 같은 한족이다. 즉, 동족상잔의 비극이 벌어진다는 뜻이다.

가장 좋은 방법은 현도왕이 토벌대를 철군시키는 것이지만, 황위에 눈먼 그가 눈엣가시 같은 무령왕의 사병 오만을 내버려 둘 리가 없다.

또 하나의 방법은 현도왕을 암살하는 것이다. 그러면 그의 명령이 자동적으로 중단될 것이다. 하지만 그것은 가능성이 희박하다.

모르긴 해도 화명군이 현도왕 곁에 붙어 있을 텐데, 태무랑이 북경에 간다고 해도 그가 있는 한 현도왕을 암살하는 것은 불가능하다.

마지막 방법은 무령왕가의 모든 것들을 스스로 해체하고 잠적, 즉 사라지는 것이다.

태무랑이 기다리고 있는 여러 가지 중에서 제일 먼저 벽교상의 전서구가 신풍개에게 도착했다.

낭랑, 소녀는 홍택호(洪澤湖) 서쪽 호수변의 고양윤(高良潤)이라는 마을에서 추격하고 있던 괴한들을 급습하여 무령왕후와 낭랑의 여동생을 구했어요. 두 분을 호위하여 남경으로 보냈으니 그리 아세요. 그리고 소녀는 북상하고 있는 괴한들을 계속 추격하고 있어요. 무슨 일이 있어도 수월공주와 무령왕을 구할 테니 염려 말고 기다리세요. 사랑해요.

당신의 벽교상 올림.

신풍개가 건넨 서찰을 읽은 태무랑은 크게 기뻐했으며 또한 벽교상이 너무도 고마웠다.

명운의 설명에 의하면 화명군 일당이 무령왕가에 난입하여 불을 지르고 수월화 등 네 사람을 납치하여 사라지기까지 걸린 시간은 불과 일다경 정도였다고 한다.

그렇기 때문에 무령왕가 외곽에서 지키고 있던 벽교상 등이 왕가 내로 들어와서 일다경 안에 화명군 일당을 찾아내는 것은 불가능했을 것이다.

하지만 그녀는 다행히 화명군 일당을 추격할 수 있었고, 마침내 태화연과 무령왕후를 구해내는 데 성공했다.

아직 수월화와 무령왕이 화명군 수중에 있지만 두 사람을 구해낸 것만으로 태무랑은 큰 짐을 덜었다.

　화명군 일당은 무령왕가를 급습한 이후 북상하면서 서두르지 않은 듯했다.

　그들이 아직도 강소성 북부 지역인 홍택호 근처에 있다는 사실이 그것을 입증하고 있다. 그랬기에 벽교상에게 따라잡힌 것이다.

　태무랑이 세상에 태어나서 악연은 수없이 만났으나 선연(善緣)은 몇 되지 않는다.

　지금에 와서 돌이켜 보면 그가 벽교상을 만났던 것은 최고의 선연이 아닐 수 없다.

　그는 벽교상에게 별로 잘해주지도 못했는데 그녀는 태무랑에게 그야말로 지극정성이 아닐 수 없다.

　서찰을 읽고 나서 남다른 감회에 젖어 있던 태무랑은 신풍개가 뭔가 말을 할까 말까 쭈뼛거리며 망설이고 있는 것을 발견했다.

　“풍개, 할 얘기가 있느냐?”

　“아, 아니…….”

　“좋은 일이든 나쁜 일이든 어느 것 하나 숨기지 마라.”

　“아… 알았네.”

　신풍개는 착잡한 표정을 짓더니 품속에서 꼬깃꼬깃 구겨진 서찰 하나를 내밀었다.

　태무랑은 별다른 생각 없이 서찰을 받아서 읽다가 안색이 급변했다.

그 서찰은 강소성 고랑윤이라는 마을 근처에 있던 개방제자가 신풍개 앞으로 보낸 것이었다.

그런데 벽교상이 화명군 일당을 공격한 과정과 결과를 지켜보고 나서 보낸 보고서였다.

서찰에 따르면 화명군 일당은 다섯 명인데, 모두 말을 타고 이동 중이며 한 대의 마차를 호송하고 있다고 했다.

서찰의 내용은 꽤 길었으나 태무랑의 시선은 마지막 부분에 못 박히듯 고정되었다.

싸움 이후에 철화빙선은 심각한 부상을 입었으며 그녀가 이끄는 철화군단은 칠십여 명이 사망했고 백여 명이 부상을 당했습니다.

태무랑은 가슴이 먹먹해졌다. 태화연과 무령왕후 두 사람을 구하기 위해서 철화군단 칠십여 명이 죽고 백여 명이나 부상을 당했다는 것이다.

그러면서도 벽교상이 보낸 서찰에는 거기에 대해서는 일언반구도 언급하지 않았다.

더구나 그녀는 화명군 일당을 계속 추격하여 수월화와 무령왕을 반드시 구할 테니까 태무랑더러 염려하지 말고 기다리고 있으라 했다.

태무랑은 본의 아니게 벽교상에게 너무나 큰 빚을 지고 말았다.

사람의 목숨이란 다 소중한 법이다. 그런데 어찌 두 사람을 구하려고 칠십여 명을 희생시킬 수가 있다는 말인가.

태무랑은 벽교상이 철화군단을 얼마나 애지중지하는지 잘 알고 있다.

그러므로 그들을 칠십여 명이나 잃은 그녀의 마음이 얼마나 찢어지듯 아플지 미루어 짐작할 수 있다.

하지만 그녀에겐 자신의 금쪽같은 수하 칠십여 명보다 태무랑의 누이동생과 장모가 더 중요했던 것이다. 아니, 태무랑이 훨씬 더 소중한 존재인 것이다.

"아아… 상아……."

태무랑은 망연히 북쪽하늘을 바라보며 가슴 시린 중얼거림을 흘려냈다.

우장각 앞마당에 남경성주가 무릎을 꿇고 있다. 태무랑의 명령을 받은 검호가 군사들을 이끌고 가서 직접 붙잡아 압송해 온 것이다.

문초를 한 결과, 남경성주가 단유천을 도운 이유는 의외로 단순했다.

남경성주는 예전에 무극신련의 도움을 받은 적이 있었는데 그것을 보답하려는 뜻에서 단유천 일행에게 은신처를 제공했다는 것이다.

물론 남경성주는 단유천이 남경에서 무슨 짓을 하고 있는지 추호도 알지 못했다. 다만 그들이 묵을 숙소를 제공했을 뿐이었다.

하지만 분노한 태무량에겐 남경성주의 행위가 대역죄보다도 더 크게 느껴졌다.

결국 그는 짧게 명령하고 그 자리를 떴다.

"죽여라."

그의 뒤에서 남경성주의 애처로운 울부짖음과 단칼에 목을 베는 소리가 연이어 들려왔다.

태무량이 애타게 기다리고 있던 두 가지 일이 거의 동시에 일어났다.

동이 틀 무렵에 절정문의 소천군이 무령왕가에 도착했고, 우경도와 형구가 마침내 비한을 찾아서 데리고 온 것이다.

태무량은 고민 끝에 세 시진 전에 소천군에게 자초지종을 적은 서찰을 보냈었다.

도와달라는 글은 차마 적지 못했으나 서찰을 보낸 것 자체가 이미 도와달라는 뜻을 담고 있었으며, 서찰을 받은 소천군은 가빈과 소아상, 절정문 고수들을 대거 이끌고 기꺼이 한달음에 달려와 주었다.

만약 이번 일로 인해서 소천군이나 절정문 고수들에게 무슨 일이 생긴다면 태무랑은 그에게도 큰 빚과 죄를 짓게 되는 것이다.

하지만 지금 그는 찬밥 더운밥 가릴 처지가 못 된다. 수월화와 무령왕을 구하기 위해서라면 그보다 더 큰 빚과 죄를 짓더라도 어쩔 수가 없다.

그는 소천군과 소아상 등에게 인사를 하는 둥 마는 둥 우경도와 형구가 들것에 싣고 온 비한에게 달려들어 상처부터 살펴보았다.

비한은 뭐라고 표현할 수도 없을 정도로 참혹하기 그지없는 몰골이었다.

얼굴은 핏기 한 점 없이 창백했으며 오히려 시체 쪽에 가까운 푸르스름한 안색을 하고 있었다.

하지만 몸에 비하면 얼굴은 그나마 양호한 편이다. 그의 몸은 그야말로 누더기처럼 너덜너덜했다.

화명군의 무극청신강을 지척거리에서 정통으로 가슴에 적중당했으므로 가슴과 어깨, 팔뼈가 완전히 으스러진 상태에 커다란 구멍이 뚫려 있으며, 장기와 내장이 다 터지고 끊어져서 더러는 밖으로 흘러나와 있었다.

엄청난 무게의 바위에 깔린 것처럼 실로 두 눈 뜨고 볼 수 없는 처참한 모습이다.

또한 그것은 누가 보더라도 이미 죽은 지 오래됐다고 생각할 것이 분명했다.

"수월원 청죽림 안에 쓰러져 있는 것을 발견했네. 화명군에게 당한 이후부터 줄곧 그곳에 쓰러져 있었던 모양이더군. 숨이 겨우 붙어 있는 것을 확인했네."

태무랑이 비한을 조심스럽게 안아서 침상으로 옮기는 것을 보면서 우경도가 설명했다.

"내가 비 형에게 섣불리 손을 썼다가 오히려 화를 입힐 것 같아서 아무 조치도 취하지 않았네."

태무랑은 말을 하는 시간조차 아까워 우경도의 말에 가볍게 고개를 끄덕이는 것으로 대답을 대신하고 급히 비한의 맥을 짚어보았다.

잠시 후 그의 표정이 밝아졌다. 매우 흐릿하지만 분명히 맥이 뛰고 있었다.

그는 우선 비한의 맥을 잡은 상태에서 오행지기 중에 토기를 부드럽게 주입했다.

하지만 일다경쯤 지나도록 아무런 변화가 없다. 그래도 멈추지 않고 계속했다.

태무랑 뒤에는 우경도와 형구, 소천군, 소아상, 가빈, 그리고 명운과 검호, 비한의 심복 수하들까지 모여서 긴장된 표정으로 지켜보고 있다.

"으으……."

다시 일다경이 지난 후에야 비로소 비한의 메말라 터진 입술 사이로 미약한 신음이 새어 나왔다.

지켜보는 사람들 얼굴에 환한 표정이 떠올랐다.

비한은 마치 시체가 눈을 뜨는 듯한 모습으로 무척 힘겹게 눈을 뜨며 중얼거렸다.

"태… 형……."

그는 태무랑의 모습을 눈으로 보기도 전에 태무랑부터 불렀다. 그만큼 그의 안위를 걱정하고 있었다는 뜻이다.

"한! 나는 무사하네!"

심장이 오그라들 정도로 울컥한 태무랑이 비한의 두 손을 잡으며 격한 감정을 터뜨렸다.

"태 형… 무사했군……."

비한은 눈의 초점을 맞추려고 애쓰며 태무랑의 모습을 확인하더니 빙그레 희미한 미소를 지었다. 단지 그 말뿐이지만 그 한마디에 얼마나 많은 의미가 함축되어 있는지 태무랑은 잘 알고 있다.

그런데 비한의 눈에서 생기가 급속도로 사라져 가기 시작했다. 태무랑이 주입한 토기 덕분에 정신을 차렸는데 그것이 소멸하고 있는 것이다.

그러나 비한은 정신을 잃으면서도 입가에 머금은 희미한 미소를 지우지 않았다.

그것은 마치 자신의 소임을 다했다는, 그래서 이제 죽어도 여한이 없다는 의미 같았다.

그는 오로지 태무랑이 살아 있는 것을 확인하기 위해서 여태까지 살아 있었던 것처럼, 태무랑의 모습을 보고는 빠르게 생명의 불꽃이 꺼져가고 있었다.

"주군!"

"정신 차리십시오!"

비한의 심복 수하 묵종 등이 놀라서 다급히 소리쳤다.

태무랑은 모두를 방에서 내보내고 오행지기를 일으켜 비한을 치료하기 시작했다.

그가 보기에 최대한 빨리 손을 쓰지 않으면 비한의 듬직한 모습을 다시는 보지 못할 것 같았다.

비한을 살리는 일은 결코 쉽지 않았다. 숨만 붙어 있으면 어느 누구라도 살릴 수 있는 태무랑으로서도 그를 살리기 위해서 안간힘을 다 써야만 했다.

비한의 상태가 그만큼 위중하기 때문이다. 그의 몸은 이미 죽은 것이나 다름없건만 오로지 정신력 하나로 버티고 있었던 것이다.

태무랑이 오행지기를 주입해도 비한의 엉망으로 망가진 몸이 거부를 했다.

오행지기를 받아들이지 못했다. 몸의 각 부위들이 기능을 잃어가고 있는 것이다.

그래서 태무랑은 한꺼번에 치료를 하는 것을 포기하고 세세한 것부터 하나씩 차근차근 치료해 나갔다.

치료를 시작한 지 두 시진째, 비한의 치료가 끝났고 태무랑은 기진맥진해서야 손을 뗐다. 그리고는 그 자리에 엎어졌다가 비한보다 늦게 깨어났다.

"할아버님, 도와주십시오."

태무랑은 소천군에게 깊숙이 고개를 숙였다.

우장각의 넓은 대전에는 태무랑과 소천군, 비한 등 많은 사람들이 운집해 있었다.

새 옷을 갈아입은 비한은 평소와 다름없는 모습이다. 다만 얼굴이 매우 수척할 뿐이다.

태무랑은 지금 상황에서 소천군의 도움이 그 무엇에 비교할 수 없을 만큼 절실했다.

소천군은 자상한 미소를 지으며 고개를 끄덕였다.

"할아비는 널 도와주러 온 것이다. 너는 할아비가 할 일이나 가르쳐다오."

"감사합니다."

태무랑이 허리를 굽히자 그곳에 있던 모든 사람들이 일제히 예를 취했다. 천하제일인의 도움은 천군만마보다 더 큰 힘이 되어줄 것이다.

태무랑은 소천군을 보면서 긴장된 표정으로 부탁했다.

"할아버님께선 이곳에서 토벌대를 막아주십시오."

소천군은 고개를 끄덕였다.

"남경과 항주는 무령왕 전하의 영지다. 토벌대는 남경뿐만 아니라 항주까지도 짓밟으려고 할 것이다. 그러므로 본 문이 나서서 그들을 막는 것은 당연하다."

그때 군사 한 명이 들어와서 철화천궁 남경지부주 무적궁주 냉건이 찾아왔다고 전했다.

죽은 경뢰궁주의 총당주였다가 남경지부주로 승급한 냉건은 실내에 들어서자마자 소천군과 태무랑에게 예를 취한 후에 정중하게 말했다.

"철화빙선께서 전폭적으로 무적신룡을 도우라는 급전을 보내셨습니다. 그래서 남경지부의 정예고수 천 명과 철화궁 남경지부 휘하무사 천 명을 이끌고 왔습니다. 제가 할 일을 알려주십시오."

그의 말에 모두들 환한 표정을 지었다. 절정문에 이어서 철화천궁 남경지부 고수들까지 가세한다면 맹호에 날개를 얻은 것이나 다름이 없다.

태무랑은 냉건의 어깨를 두드리며 부탁했다.

"고맙소. 냉 궁주께서는 할아버님과 협력하여 토벌대를 막아주시오."

소천군이 태무랑에게 물었다.

"너는 어쩔 셈이냐?"

태무랑은 옆에 서 있는 비한을 가리켰다.

"저는 이 친구와 북경으로 가겠습니다."

그는 이미 비한과 이야기가 다 된 상태다.

"수월공주와 무령왕 전하를 구하려는 게냐?"

태무랑은 고개를 끄덕였다.

"그리고 현도왕을 죽일 생각입니다."

황제의 친동생이며 무령왕의 친형인 현도왕을 죽인다는 말에 실내에는 무거운 침묵이 흘렀다.

하지만 현재로선 그 방법밖에 없기 때문에 모두들 침묵하면서 고개를 끄덕였다. 현도왕을 죽여야지만 폭풍이 잠잠해질 것이기 때문이다.

"그러나 화명군이 방해하면 두 가지 다 실패할 게다. 그자를 상대할 방법이 있어야 한다."

소천군의 조용한 목소리가 실내를 자늑자늑 흔들었다. 분명히 그의 말이 맞다.

이곳에서도 태무랑과 비한이 합공했다가 둘 다 화명군에게 죽음 직전까지 갔었는데, 다시 싸운다고 해서 별로 달라질 것이 없을 터이다.

화명군이 현도왕 옆에 있는 한 태무랑의 계획은 공염불이 될 가능성이 크다.

슥—

소천군이 천천히 일어섰다.

"노부가 같이 가겠다."

태무랑과 비한은 그의 뜻을 짐작했다. 그가 화명군을 상대할 테니 그사이에 수월화와 무령왕을 구하고 또 현도왕을 죽이라는 뜻이다.

태무랑과 비한은 같은 생각을 하고 동시에 냉건을 쳐다보았다. 만약 냉건이 도와주러 오지 않았으면 소천군이 남경을 떠나기가 어려웠을 것이다.

우두두두—

세 필의 준마가 뿌연 흙먼지를 자욱하게 일으키면서 강소성 중부지방인 보응현(寶應縣) 대로 한가운데로 질주하며 들어서고 있다.

남경을 떠난 태무랑과 비한, 소천군이 탄 말들이다. 그들은 북경까지 가는데 경공을 전개하는 것보다는 말을 택했다. 경공이 빠르기는 하지만 점차 지칠 테고, 반면에 말은 지치면 갈아타면 그만이다.

세 사람은 주루에서 식사를 할 겨를도 없이 간단한 요깃거리를 산 후 말을 바꾸기 위해서 마방으로 갔다.

그런데 그곳에서 태무랑은 뜻밖에도 은지화를 만났다.

"무랑가!"

말을 고르고 있던 은지화는 태무랑을 발견하고는 화들짝 놀라더니 곧 반가운 표정으로 곧장 달려와서 그의 품에 뛰어들었다.

"으흐흐흑!"

"화야, 네가 이런 곳에서 무엇을 하고 있는 것이냐?"

태무랑은 적이 놀라서 그녀를 떼어내며 물었다.

은지화는 원래 깔끔한 성격에 멋 부리기를 좋아하는데, 지금의 몰골은 말이 아니다.

머리카락은 마구 헝클어지고 옷은 여기저기 찢어진데다 흙이나 더러운 것들이 많이 묻었는데 그녀는 전혀 개의치 않는 듯했다.

그런 모습은 그녀가 옷을 사 입고 매무새를 다듬을 겨를이 없었다는 뜻이다.

"흑흑. 저는 수월 언니를 뒤쫓아왔어요."

은지화는 때가 꾀죄죄한 얼굴로 흐느끼면서 자꾸만 태무랑 품에 안기려고 했다.

그녀가 우는 바람에 먼지가 뽀얗게 뒤덮인 얼굴에 눈물자국이 지저분하게 번져서 더 꾀죄죄한 모습이 됐다.

사실 태무랑은 무령왕가에 변고가 생긴 이후 한 번도 은지화에 대해서는 생각하지 않았었다.

심지어는 변고 당시에 그녀가 무령왕가에 있었는지 없었는지조차도 모르고 있었다.

그만큼 경황이 없었으며 또한 그녀가 태무랑의 마음속에서 차지하는 비중이 작다는 뜻이다.

태무랑은 그녀의 말을 듣고서야 그녀가 화명군 일당을 쫓아 무작정 북상하고 있는 중이라고 생각했다.

하지만 화명군은 지금쯤 산동성으로 들어섰을 텐데 은지화는 아직도 강소성 중부지방인 이곳에서 얼쩡거리고 있다. 그녀가 화명군을 따라잡는 것은 불가능하다. 설령 따라잡은들 그녀 혼자서 무엇을 어쩌겠는가.

"일이 터졌을 때 저는 수월 언니의 몸에 천리추혼향(千里追魂香)을 뿌렸어요."

그런데 은지화는 눈물을 닦을 생각도 하지 않고 전혀 뜻밖의 말을 해주었다.

"마침 천리추혼향을 갖고 있어서 수월 언니가 제압되기 직전에 급히 그녀의 몸에 뿌려두었… 우욱!"

그런데 그녀는 말을 끝맺지 못하고 갑자기 검붉은 핏덩이를 왈칵 토해냈다.

바닥에 쏟아진 핏덩이에는 조각난 내장들이 점점이 섞여 있었다. 그것은 그녀가 심각한 내상을 입었다는 것을 보여주는 것이다.

"아… 미안해요……."

그러면서도 그녀는 자신의 피가 태무랑 옷에 묻은 것을 사과했다.

태무랑은 비틀거리는 그녀를 부축했다.

"다쳤구나."

"그자들… 너무 고강했어요. 저는 변변히 대항조차 하지 못하고 당했어요."

그런 몸으로 그녀는 천리추혼향을 추적하여 여기까지 왔던 것이다.

하지만 태무랑은 은지화의 안위보다는 여전히 수월화와 무령왕을 구해야 한다는 마음이 더 급했다.

"너는 이곳에서 쉬고 있어라. 우리가 뒤쫓겠다."

은지화는 안타까운 표정으로 태무랑을 바라보았으나 아무 말도 하지 못했다. 그의 얼굴이 너무 완고하게 굳어 있었기 때문이다.

그때 소천군이 나서며 태무랑을 타일렀다.

"무랑아, 잠시 이곳에서 이 낭자를 치료하는 것이 좋겠다."

"할아버님, 그건……."

태무랑은 말도 안 된다는 표정으로 반박하려고 했다.

"수월공주에게 천리추혼향을 묻혔다면 백 일이 지나기 전에는 향기가 사라지지 않는다. 또한 천리추혼향은 그것을 뿌린 사람만이 추적할 수 있으니 이 낭자가 없으면 아무 소용이 없단다."

은지화는 태무랑을 곱게 흘겼다.

"오라버니는 아무것도 모르면서……."

그런데 그녀는 말을 하다가 태무랑 품 안에 스르르 무너지며 축 늘어졌다.

"화야!"

태무랑이 급히 불렀으나 그녀는 이미 혼절한 후였다.

소천군이 태무랑을 보며 빙그레 미소 지었다.

"이렇게 많은 사람들이 너를 도우려고 헌신하는 것을 보면, 너는 참 복이 많은 아이로구나."

사실 은지화가 낙양에서 어렵사리 천리추혼향을 구해서 줄곧 지니고 다녔던 이유는 다른 것에 있었다.

태무랑을 만나게 되면 다시는 그를 놓치지 않으려고 그의 몸에 뿌려둘 작정이었던 것이다. 그렇게 하면 그가 어딜 가든지 쫓아갈 수 있기 때문이다.

태무랑은 객잔에 객방 두 개를 구해 치료를 하기 위해서 한곳에 은지화를 눕혔다. 다른 객방에는 비한과 소천군이 잠시 쉬고 있다.

그는 침상 가에 앉아서 누워 있는 은지화를 살펴보았다.

아까는 보지 못했는데 그녀의 가슴을 덮고 있는 옷이 누렇게 빛이 바래 있었다.

몰골이나 옷이 워낙 더러웠기 때문에 옷에 오물이 묻었거니 여겼는데, 자세히 보니까 뜨거운 것에 눌은 듯한 자국이었다. 그렇다면 그녀는 양기(陽氣)에 속하는 장력에 적중됐다는 뜻이다.

스스…….

그가 옷을 벗기려고 하니까 눌은 가슴 부위가 부서져서 손바닥만 한 구멍이 뻥 뚫렸다. 젖 가리개마저도 가슴 부위가 눌어서 흩어져 버렸다.

상의를 양 옆으로 활짝 벗기자 크고 뽀얀 탐스러운 육봉이 출렁이며 드러났다.

하지만 태무랑은 여체니 나신이니 하는 것에는 본래 관심이 없는데다, 은지화의 나신을 여러 차례 봐왔기 때문에 그저 그러려니 한다. 그래서 그의 시선은 곧장 가슴 한가운데 명치 부위에 고정됐다.

그곳에는 손바닥 크기의 붉은 반점이 있었다. 살이 익어버린 모습인데, 그 정도면 내장과 장기는 어떻게 됐을지 짐작할 수 있었다.

태무랑은 환부에 손바닥을 밀착시키고 부드러운 오행지기를 주입시키기 시작했다.

열 호흡쯤 지나자 은지화의 입에서 시커먼 핏물이 꾸역꾸역 흘러나왔다.

태무랑은 즉시 다른 손으로 그녀의 얼굴을 옆으로 돌려서 핏물 때문에 기도가 막히는 것을 방지하고 계속 오행지기를 주입했다.

그 과정에서 그는 오행지기 중에 화기(火氣)가 은지화의 체내에 투입된 양기를 흡수한다는 사실을 깨달았다.

오행지기의 화기는 양기의 위 단계인 극양지기보다 더 정심한 기운이다. 그러므로 화기가 양기를 흡수하는 것은 당연한 일이다.

"음……."

그때 은지화가 미약한 신음을 흘리면서 깨어났다. 그녀는 속눈썹을 바르르 떨면서 눈을 뜨고는 태무랑을 발견하고 환한 미소를 지었다.

"오라버니……."

수월화와 태화연처럼 태무랑을 ‘무랑가’ 라고 부르기도 하다가 또 어느 때는 예전처럼 ‘오라버니’ 라고 부르기도 하는 그녀다.

태무랑은 그녀의 명치에서 손을 떼고 굽어보니 아직도 붉은 기운이 흐릿하게 남아서 다시 손바닥을 덮었다.

하지만 처음에 명치에 손바닥을 밀착시킬 때에도 큰 젖가슴 때문에 애를 먹었던 터라 두 번째도 수월하지가 않아 왼손으로 두 젖가슴을 위로 쓸어 올리고서야 제대로 밀착시킬 수 있었다.

그 바람에 은지화는 부끄러워서 얼굴을 발갛게 붉히면서 눈을 내리깔았다.

“아아… 어떻게 해…….”

그런데 갑자기 그녀가 당황해서 어쩔 줄을 몰랐다.

태무랑이 쳐다보자 그녀는 울상을 지으면서 하소연하듯이 말했다.

“오라버니가 가슴을 만지니까 나도 모르게 그만…….”

태무랑이 반사적으로 그녀의 하체를 힐끗 쳐다보자 그녀의 은밀한 부위가 막 젖기 시작하더니 곧 이불까지 흥건하게 젖어버렸다.

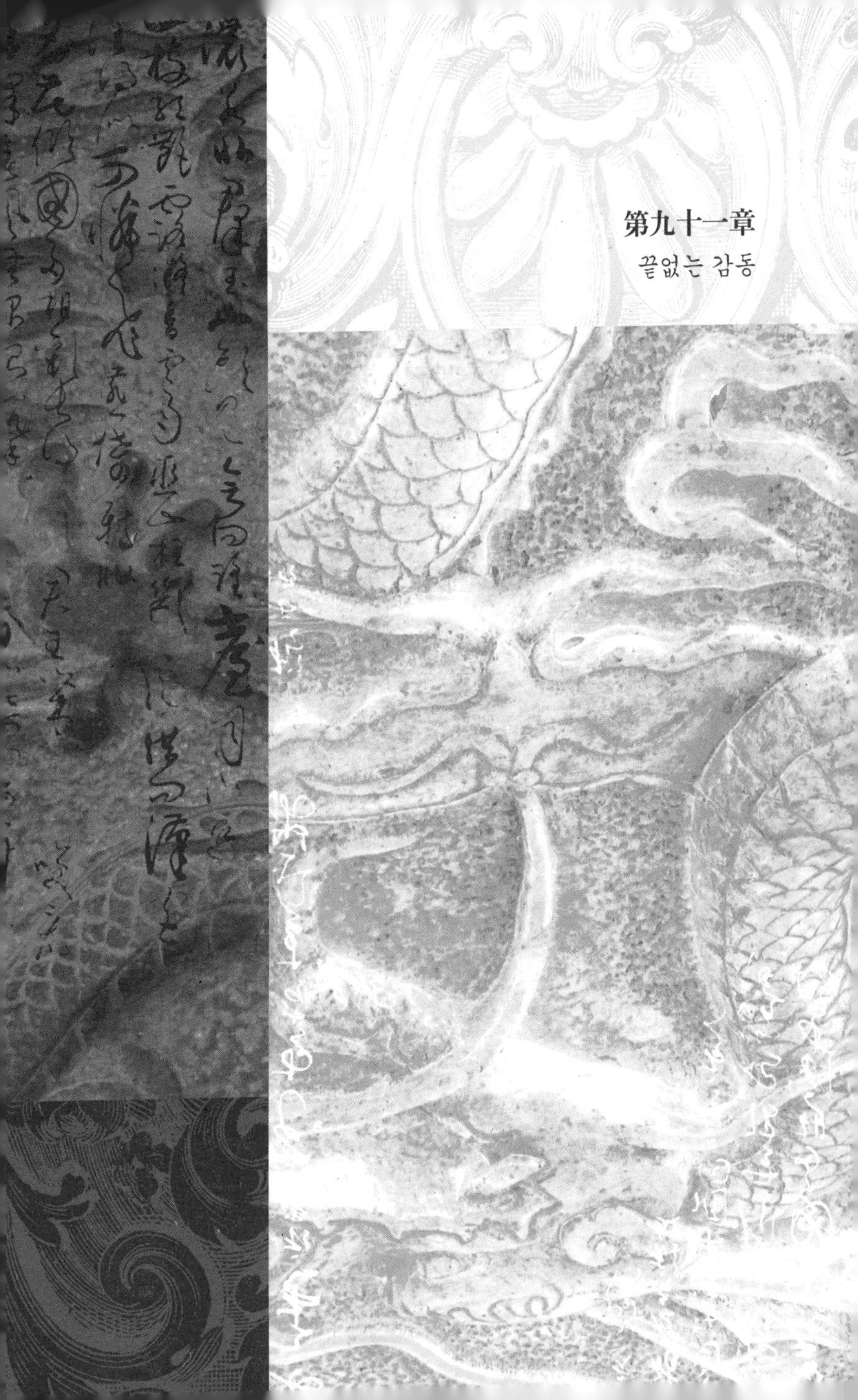

第九十一章
끝없는 감동

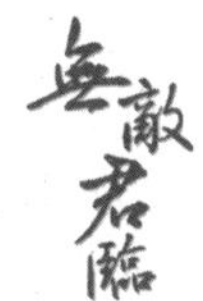

우두두두—

　태무랑과 비한, 은지화, 소천군이 탄 세 필의 말이 곧게 뻗은 관도를 앞서거니 뒤서거니 질주하고 있다.

　태무랑의 구준마에는 그와 은지화 두 사람이 타고 있다. 비한과 소천군은 보응현에서 말을 바꾸었으나 태무랑의 구준마는 오히려 은지화를 뒤에 태우고서도 가장 빠른 속도로 달리고 있는 중이다.

　태무랑의 완벽한 치료 덕분에 은지화는 말끔하게 나은 상태면서도 계속 아픈 체를 하면서 두 팔로 그의 허리를 꼭 끌어안고 뺨을 등에 파묻고는 해실해실 행복한 미소를 짓고 있었다.

그때 태무랑은 전방 먼 곳에서 한 대의 마차와 그것을 호위하는 듯한 십여 필의 말을 탄 고수들이 다가오고 있는 광경을 발견했다.

여자 일곱 명에 남자 세 명이 섞인 고수들의 특이한 복장을 발견한 태무랑은 그들이 철화군단이라는 것을 한눈에 알아보았다.

그렇다면 그들이 호위하고 있는 마차에는 태화연과 무령왕후가 타고 있을 것이다. 벽교상은 태화연과 무령왕후를 호위하여 남경으로 보냈다고 했었다.

순식간에 가까이 다가온 철화군단 고수들은 태무랑을 알아보고 즉시 말에서 내려 정중히 예를 취했다.

"무적신룡을 뵈옵니다!"

벽교상이 철화천궁과 철화궁의 전 수하들에게 무적신룡을 궁주 이상으로 대하라고 엄명을 내렸다는 사실을 태무랑으로서는 까맣게 모르고 있다.

그때 멈춘 마차의 문이 급히 열리더니 태화연과 무령왕후가 서둘러 밖으로 나오며 소리쳤다.

"무랑가!"

"무랑아!"

두 여자는 달려와서 태무랑의 품에 동시에 안기며 울음을
터뜨렸다.

태무랑이 재빨리 그녀들의 모습을 살펴보니까 근심스러운
표정 외에는 다치거나 특별한 점을 찾지 못해서 적이 안심이
됐다.

"어머님, 소자가 미흡하여 심려를 끼쳤습니다. 죄송합니
다."

"아니다. 애야. 절대 그렇지 않단다. 네가 없었다면 오히려
우리가 변을 당할 뻔했느니라."

태무랑이 용서를 빌자 무령왕후는 오히려 태무랑의 등을
쓰다듬으며 위로했다.

무령왕후는 태무랑과 비한, 소천군 등을 보더니 의아한 표
정을 지었다.

"전하와 령아를 구하러 가는 길이냐?"

"네, 어머님. 소자가 반드시 아버님과 령아를 구해올 테니
염려 마시고 기다리십시오."

"오냐. 장하구나."

무령왕후는 남편과 딸을 구하러 가는 태무랑이 사위가 아
니라 아들 같다는 생각이 들어 더욱 눈물을 흘렸다.

"연아, 어머님 잘 모시고 가거라."

태무랑은 태화연에게 당부하고 나서 두 여자가 탄 마차와

철화군단 고수들이 관도 끝으로 사라질 때까지 그 자리에서 바라보았다.

　남경을 떠난 지 이틀째 자정 무렵에 태무랑 일행은 강소성 북부지역인 숙천현(宿遷縣)을 지났다.
　그들은 남경을 떠난 이후 보응현에서 은지화를 만나 그녀를 치료하느라 잠시 지체한 것을 제외하곤 한시도 쉬지 않고 북상하고 있는 중이다.
　세 사람이 숙천현에서 북쪽으로 삼십여 리 거리에 있는 낙마호(駱馬湖)라는 호수에 이르렀을 때 뜻하지 않은 굉장한 광경을 목격하게 되었다.
　드넓은 낙마호 서쪽 호안 넓은 평원에 수천 개의 군막(軍幕)들이 끝이 보이지 않을 정도로 펼쳐져 있었다.
　각 군막 앞에는 모닥불과 횃불이 밝혀져 있어서 전체 군막이 불야성을 이루고 있는 것 같아 그야말로 일대장관을 연출하고 있었다.
　언덕 위에서 그 광경을 굽어보고 있는 태무랑 일행의 표정은 돌처럼 굳어 있었다.
　"토벌대일세."
　비한이 차가운 눈빛으로 이를 갈 듯이 중얼거렸다. 그의 시선은 군막들 사이에 높이 솟아 있는 하나의 커다란 깃발에 고정되었다.

그 깃발에는 '제역남벌군(制逆南伐軍)' 이라고 적혀 있었다. 즉, 남쪽에 있는 역적의 무리를 응징하러 가는 토벌대라는 뜻이었다.

태무랑 등은 이십만 토벌대가 남경을 향해서 남진하고 있다는 사실을 알고 있었지만 이렇게 마주치게 될 줄은 예상하지 못했었다.

그들은 남진을 하던 토벌대가 밤이 되어 이곳에서 숙영(宿營)을 하고 있는 것이라고 한눈에 간파했다. 그들의 군막은 드넓은 평원을 온통 뒤덮고 있었다.

태무랑과 비한의 얼굴에는 토벌대에 대한 적대감이 강렬하게 떠올라 있었다.

두 사람은 당장에라도 토벌대에게 쳐들어가서 마구 짓밟고 싶은 충동을 겨우 억제하고 있었다.

그때 소천군이 조용한 목소리로 말했다.

"젊은이들, 한 번 놀아볼 텐가?"

태무랑과 비한이 의아한 표정으로 자신을 쳐다보자 소천군은 빙그레 미소 지었다.

"우리가 이십만 대군을 전멸시키지는 못할지라도 한바탕 휘저어서 저들의 사기를 크게 꺾어놓을 수는 있겠지."

태무랑과 비한의 얼굴이 환하게 밝아졌다. 그러나 두 사람

이 뭐라고 하기도 전에 은지화가 개밥에 도토리처럼 톡 튀어
나왔다.

　"좋아요. 우리 한 번 신나게 놀아봐요."

　태무랑은 구준마에서 훌쩍 내리고 나서 말고삐를 그녀에
게 쥐어주며 무뚝뚝하게 중얼거렸다.

　"너는 말들을 이끌고 토벌대를 크게 우회하여 앞질러 가서
우리를 기다리고 있어라."

　"오라버니!"

　은지화는 빽 소리를 질렀다가 화들짝 놀라 급히 손으로 입
을 막으며 토벌대 쪽을 살펴보았다.

　토벌대가 숙영하는 곳에서 이십여 장 거리까지 접근한 태
무랑과 비한, 소천군은 하나의 커다란 바위 뒤에 몸을 감추고
잠시 계획을 짰다.

　"할아버님, 계획이 있으십니까?"

　태무랑의 물음에 소천군은 고개를 끄덕였다.

　"한가운데를 주파하자꾸나."

　"알겠습니다."

　소천군은 의미있는 미소를 지었다.

　"무랑이 너 극양지기 발출할 줄 아느냐?"

　"할 수 있습니다."

"그럼 네가 선두에서 내달리면서 될 수 있는 대로 많은 군 막에 불을 질러라."

이어서 소천군은 비한을 보며 고개를 끄덕였다.

"한이 두 번째, 할아비가 마지막을 맡으마."

슈우—

태무랑은 숙영하고 있는 토벌대의 군막을 향해 일직선으로 내달렸다.

그 뒤를 십여 장 간격으로 비한과 소천군이 따르고 있다.

태무랑은 화명군과 싸울 때 염마도가 부러졌기 때문에 무령왕의 개인 무기고에서 마음에 드는 도 한 자루를 선택해서 어깨에 메고 왔다.

태무랑은 군막이 오 장여 앞으로 다가오자 오행지기의 화기를 양손에 모았다가 제일 첫 번째 군막 두 개를 향해 쌍장을 뻗었다.

화우웅!

순간 반투명한 불그스름한 기운이 전방의 좌우 양쪽 두 개의 군막을 향해 곧장 뿜어졌다.

퍼퍽!

뒤이어 두 줄기 화기가 두 개의 군막을 뚫고 들어가 무엇엔가 둔탁하게 적중되는 소리가 들렸다.

화르르!

"으아악!"

"와악! 불이닷!"

화기가 뚫을 때 이미 군막은 불이 붙었고, 그 안에서 자고 있던 군사들 몇 명이 화기에 적중당하여 즉사하거나 온몸에 불이 붙은 채 군막 밖으로 쏟아져 나오며 처절한 비명을 질러 댔다.

태무랑은 멈추지 않고 계속 일직선으로 내달리면서 연속적으로 화기를 발출했다.

후우웅! 화웅!

그러나 빠르게 달리지는 않았다. 군막 하나라도 더 불태우려는 것이다.

토벌대 군사들은 모두 잠에 취해 있기 때문에 그리 서두르지 않아도 될 듯했다.

설사 그들이 한꺼번에 쏟아져 나온다고 해도 태무랑을 잡지는 못할 터이다.

토벌대가 태무랑의 직접적인 원수가 아니더라도, 그는 군막이 불에 타고 군사들이 불구덩이 속에서 비명을 지르며 뒹구는 아비규환의 광경을 보면서 속이 후련해지는 통쾌감을 느꼈다.

"흐아악!"

"크액!"

그때 태무랑의 뒤쪽에서 어지러운 비명 소리가 연이어서 마구 터져 나왔다.

비한과 소천군이 뒤따르면서 군막에서 쏟아져 나온 군사들을 마구잡이로 주살하고 있는 것이다.

천하제일인과 초절고수의 검과 창을 피하거나 막을 군사는 아무도 없었다.

세 사람이 이런 방법으로 숙영지(宿營地) 한가운데를 관통한다면 기껏해야 몇백 명 정도의 군사들을 죽일 수 있을 것이다.

그것은 전체 이십만의 일 푼에도 못 미치는 수다. 하지만 그것으로 토벌대의 사기를 크게 꺾어놓을 수 있다면, 그로 인해서 많은 생명을 구할 수 있게 되는 것이다.

토벌대 이십만의 숙영지 길이는 무려 오 리에 달했다. 태무랑은 그 거리를 화기를 발출하면서 관통하는 데 일다경 정도의 시간이 걸렸다.

숙영지를 빠져나온 후에 뒤돌아보니 수천 개의 군막 한가운데가 일직선으로 뻥 뚫려서 불타고 있는 광경이 가히 장관이었다.

그가 다시 한차례 숙영지를 관통하면서 불태우고 싶은 마음이 들었을 때 비한과 소천군이 연이어 숙영지를 빠져나와 그에게 쏘아왔다.

"가자."

소천군은 태무량 앞을 스쳐 지나가며 짧게 말했다.

"할아버님."

"잔말 말고 어서 가자."

태무량이 부르자 소천군은 들어볼 필요도 없다는 듯 계속 쏘아가면서 채근했다.

태무량은 아쉬운 표정으로 숙영지 쪽을 쳐다보다가 흠칫 가볍게 놀랐다.

우두두두—

좌우로 드넓게 펼쳐진 숙영지에서 우후죽순처럼 기마병들이 파도처럼 쏟아져 나오는 광경을 발견한 것이다.

그뿐 아니라 불타고 있는 군막을 제외한 군막에서 나온 군사들이 일사불란하게 어떤 진형을 갖추는가 싶더니 태무량과 비한을 향해 일제히 활을 겨누고 있는 광경이 보였다.

태무량은 어이없다는 표정으로 비한을 쳐다보자 그는 피식 실소를 흘리며 가볍게 어깨를 쳤다.

"군사들을 너무 얕봤군? 게다가 상대는 구문제독부 휘하 최정예 군사들일세. 어서 가세."

태무량과 비한이 경공을 전개하여 쏘아가는데 어느새 전열을 가다듬은 기마병들이 질풍처럼 말을 몰아 추격해 오고 있었다.

콰콰콰콰—

기마병의 수는 족히 천여 명은 될 듯했다. 그리고 그 수는 점점 더 많아졌다.

더구나 좌우 먼 곳에서 쏟아져 나온 기마병들이 태무랑과 비한이 달려가는 앞쪽을 차단하기 위해서 학이 활짝 편 날개를 오므리듯이 좁혀들고 있었다.

그런데 숙영지가 원래 복판이 움푹 들어가고 좌우가 완만하게 돌출된 형태이기 때문에 숙영지 양쪽에서 달려나온 기마병들은 몇 걸음 가지도 않아서 태무랑과 비한의 앞길을 완전히 차단해 버렸다.

쿠앙!

그때 느닷없이 천둥소리 같은 굉장한 폭음이 터졌다.

"시공(矢攻:화살 공격)이다!"

비한이 짧게 외치며 더욱 속력을 내서 전방으로 맹렬하게 쏘아갔다.

태무랑은 달리면서 힐끗 뒤돌아보다가 흠칫 놀랐다.

원래 보름달에 가까운 달이 떠 있어서 하늘이 밝은 편이었는데 지금은 하늘이 온통 새카맸다.

하늘을 완전히 뒤덮은 채 쏘아오고 있는 것은 수천 발의 화살이었다.

더구나 사방으로 확산된 것이 아니라 태무랑과 비한 두 사람에게 집중적으로 쏟아져 오고 있었다.

한두 개나 수십 개가 아니라 수천 개의 화살이 한꺼번에 내리꽂히면 수만 근의 위력을 발휘하는 법이다.

태무랑은 그제야 소천군이 '잔말 말고 어서 가자' 라고 말한 뜻을 깨달았다. 원래 깨달음이 늦으면 손발이 고생을 하는 법이다.

그는 오행지기를 잔뜩 끌어 올렸다가 한순간에 쏟아내면서 전속력으로 질주했다.

슈우우—

콰콰콰—!

순간 그의 뒤쪽으로 거대한 폭포가 떨어지는 듯한 소리가 요란하게 터졌다. 수천 발의 화살이 한꺼번에 쏟아져 지상에 꽂히는 소리다.

콰두두두—

비한과 태무랑이 달려가고 있는 전방과 좌우에서 수백의 기마병이 창을 앞세워 저돌적으로 몰려오고 있었다. 그 기세는 가히 해일과도 같았다.

태무랑과 비한은 동시에 땅을 박차고 허공으로 신형을 솟구쳤다가 기마병들의 벽을 어렵지 않게 날아 넘었다.

*　　　*　　　*

　태무랑 일행은 남경을 출발한 지 꼬박 이틀 한나절 만에 북경에 도착했다.

　그들이 북경까지 오는 동안 신풍개에게서는 별다른 내용의 서찰이 오지 않았다.

　태무랑이 기대하고 있는 것은 벽교상의 행적인데, 그녀가 태무랑보다 먼저 북경에 도착했다는 내용이 전부였다.

　은지화는 천리추혼향을 추적하여 태무랑 등을 북경·성내의 어느 곳으로 안내했다.

　자금성(紫禁城) 서쪽에는 세로로 길게 네 개의 호수가 남북으로 잇닿아 있다.

　그중 가운데의 북해(北海)와 중해(中海)라는 호수 서쪽에 서안문(西安門)이 있다.

　은지화가 안내한 곳은 서안문로에 있는 어느 어마어마한 규모의 대장원이었다.

　[저긴 현도왕가입니다.]

　비한이 넓은 대로의 중간쯤에 위치한 대장원을 주시하면서 전음으로 설명했다.

　[천리추혼향은 저 안으로 사라졌어요. 그렇다면 수월 언니는 저 안에 있는 것이 분명해요.]

은지화가 싸늘한 눈빛으로 대장원, 즉 현도왕가를 쏘아보
며 말을 받았다.

태무랑과 비한, 소천군, 은지화 네 사람은 현도왕가에서 백
여 장쯤 떨어진 어느 골목 어귀에 모여 대화를 하는 체하면서
현도왕가를 살피고 있다.

지금은 정오쯤 된 시각이라 거리는 많은 사람들로 붐비고
있어서 골목 어귀에 서 있는 이들을 눈여겨보는 사람은 아무
도 없었다.

현도왕가의 거대한 금빛의 전문은 굳게 닫혀 있으며, 양쪽
에는 창칼로 무장한 금빛 갑옷의 군사들 이십여 명이 삼엄하
게 지키고 있는 광경이다.

[할아버님께선 어떻게 생각하십니까?]

태무랑은 지금 당장 쳐들어가겠다는 마음을 굳혔으면서도
일단 소천군에게 물었다.

소천군은 더 이상 현도왕가를 보지 않고 뒷짐을 진 채 거리
쪽을 구경하고 있었다.

[철옹성(鐵甕城)이다.]

태무랑은 의아한 표정을 지었다. 그가 보기에 현도왕가는
철옹성이 아니라 그저 규모가 남달리 큰 평범한 장원에 불과
한 것 같았다.

[정공(正攻)으로는 인질들을 구출할 수 없다. 밤중에 잠입

하는 방법밖에 없어.]

촌각이 급한 태무랑은 소천군의 말에 승복하기가 어려웠
으나 겉으로 드러내지는 않았다.

[현도왕가는 제이의 자금성이라고 불린다네.]

비한이 현도왕가에서 시선을 거두지 않은 채 조용히 전음
을 보냈다.

[평소에는 현도왕이 직접 키운 황궁 고수 오백여 명과 그가
수년에 걸쳐서 거둔 무림고수 천 명이 현도왕가 내부 곳곳을
지키고 있네.]

태무랑이 미간을 찌푸리며 쳐다보자 비한도 그를 마주 보
며 설명을 이었다.

[지금은 현도왕이 차기 황제로 굳어진 상황이기 때문에 평
소보다 호위가 한층 강화됐을 걸세. 더구나 화명군 일당도 저
안에 있을 테고,]

소천군과 비한이 번갈아가면서 한 말은 태무랑에게 한 가
지 깨달음을 주었다. 경거망동했다가는 천추의 한을 남기게
된다는 사실이다.

당장 공격하고 싶다는 그의 마음은 두 사람의 말을 들은 이
후 수그러들었다.

은지화가 오랜만에 똑똑한 말을 했다.

[우선 철화빙선부터 만나는 것이 순서일 것 같아요.]

태무랑 일행은 신풍개가 보내온 서찰에 적힌 대로 벽교상이 있는 장소를 찾아갔다.

그곳은 현도왕가에서 그리 멀지 않은 서사패루(西四牌樓) 근처의 아담한 장원이었다.

북경에 있는 철화천궁 북경지부는 이미 단유천이 이끄는 십단에 의해 전멸된 상태였다.

무력인 철화천궁 북경지부와는 별개로 상력인 철화궁 북경지부는 영업을 계속하고 있다.

하지만 벽교상이 화명군을 습격했다는 사실이 이미 현도왕에게도 알려졌을 것이기 때문에, 철화궁 북경지부가 언제 관군이나 무극신련에 의해서 된서리를 맞게 되는지 살얼음판 위를 걷는 형국이다.

그래서 벽교상은 철화천궁이나 철화궁하고는 전혀 연관이 없는 지인의 장원에 묵고 있었다.

"대인."

전문으로 들어서는 태무랑을 발견한 봉화일선이 한달음에 달려와 공손히 예를 취했다.

"궁주께서 영접하지 못하는 것을 용서하십시오."

그녀의 거듭된 사죄의 말과 그녀의 안색이 어두운 것을 보고 태무랑은 흠칫 안색이 변했다.

"상아가 다친 것이오?"

"안으로 드시지요."

하지만 그녀는 대답을 피하는 대신 조심스럽게 앞장서서 안내했다.

봉화일선은 비한과 소천군, 은지화를 다른 방에서 쉬도록 하고 태무랑 혼자만 벽교상이 있는 곳으로 데려갔다.

척!

방으로 들어선 태무랑의 눈에 제일 먼저 들어온 것이 침상에 누워 있는 벽교상이었다.

"상아."

그녀를 부르면서 침상으로 걸어가는 그의 걸음이 거의 뛰는 듯했다.

침상 가에 이른 그가 굽어보자 벽교상은 잠이 들어, 아니, 혼절해 있었다.

핏기 한 점 없는 파리한 안색에 태무랑을 보면서 수줍은 미소를 짓던 빨간 입술은 까칠하게 희어져 있었다. 그것을 보고 태무랑은 그녀의 상태가 심상치 않음을 직감했다.

"대인께서 오실 거라면서 기다리겠다고… 방금까지 깨어 계셨는데……."

봉화일선이 벽교상의 발치에 서서 조심스럽게 말하는데

목소리에 울음기가 짙게 배었다.

　슥—

　"어떻게 된 일이오?"

　태무랑은 벽교상이 덮고 있는 이불을 젖히면서 물었다.

　"화명군에게 당했습니다."

　"그녀들을 구할 때였소?"

　그녀들이란 태화연과 무령왕후를 말하는 것이다.

　"네……."

　벽교상은 자신이 싸우는 상대가 화명군인지 까맣게 모르고 있었다.

　그렇기 때문에 무조건 공격해서 괴한들을 전멸시키고 인질들을 구해야 한다는 마음만 앞섰다.

　만약 괴한들의 우두머리가 화명군이라는 사실을 진작 알았더라면 조금 더 조심을 기했을 것이다. 나중에야 신풍개의 전서구를 받고 알게 됐지만 그때는 이미 그녀가 중상을 입은 후였다.

　"바보 같은 녀석……."

　태무랑은 가슴이 격렬하게 뭉클거리면서 그녀를 굽어보며 중얼거렸다.

　태화연과 무령왕후를 구한 대가로 자신은 이런 꼴로 누워 있으면서도, 수월화와 무령왕을 구할 테니까 염려 말고 기다리고 있으라 했던 그녀다.

그의 시선이 벽교상의 손에 고정되었다. 그녀는 상체에 젖가리개만 한 알몸인데 두 손으로 오른쪽 옆구리를 가리듯이 덮고 있었다.

아마도 그 부위가 상처인 듯한데 통증 때문에 누르고 있었던 것 같았다.

슥—

그녀의 손을 치우던 태무랑은 흠칫 놀라 눈을 크게 떴다.

태무랑은 그동안 수많은 상처를 입었지만 이런 상처를 보기는 처음이다.

그녀의 옆구리가 흉측하게 뭉텅 뜯겨 나간 모습이다. 갈비뼈 아래에서 골반에 이르기까지 반 뼘 정도가 뚝 떨어져 나간 채 사라진 상태였다.

봉화일선이 흐느끼면서 설명했다.

"흑흑. 화명군의 푸른색 장력에 맞았는데… 진기를 주입해도 아무 소용이 없어요. 어떻게 치료를 해야 할지 아무것도 모르겠어요……."

태무랑은 암담한 표정을 지었다. 벽교상에게 너무 미안하고 또 그녀의 희생 때문에 가슴이 아팠다.

그때 봉화일선의 울음소리 때문에 벽교상이 흐릿하게 깨어나더니 눈을 뜨자마자 태무랑을 발견하고 빙그레 반가운 미소를 지었다.

"아… 낭랑……."

"상아……."

"죄송해요… 이런 모습으로… 누워 있어서……."

"괜찮다."

태무랑은 침상 가에 앉아 그녀의 뺨을 부드럽게 쓰다듬으면서 위로했다.

"내가 고쳐주마. 목숨을 바쳐서라도 널 깨끗하게 고쳐주고 말겠다."

벽교상은 태무랑의 말에 눈을 동그랗게 뜨더니 배시시 미소 지었다.

"헤헤. 그런 말 들으니까… 기분… 좋아요……."

"치료를 할 동안 잠시 쉬도록 해라."

태무랑은 벽교상의 머리를 쓰다듬고 나서 그녀를 조심스럽게 안아 몸의 왼쪽을 바닥에 대고 눕게 했다. 그러자 뜯겨나간 오른쪽 옆구리가 위쪽으로 향하게 되어 더욱 끔찍한 모습을 드러냈다.

태무랑은 이어서 그녀의 치마를 둔부 중간까지 끌어내려 환부 전체가 드러나게 하고는 지그시 눈을 감고 오행지기를 끌어올렸다.

치료를 하는 동안 벽교상은 입가에 미소를 지은 채 행복한 표정으로 잠이 들었다.

아까는 고통 때문에 혼절을 했었으나 지금은 오행지기가 체내로 주입되자 상쾌한 느낌이 들어서 저절로 잠이 쏟아진 것이다.

한 시진에 걸친 긴 치료가 끝나자 벽교상의 상처는 감쪽같이 나았다. 눈을 씻고 찾아봐도 흠집 하나 찾지 못할 정도로 말끔했다.

치료과정을 곁에서 지켜본 봉화일선은 놀라움을 넘어서 경이롭다는 표정을 짓고 있었다.

그녀는 마치 기나긴 꿈을 꾸다가 깨어난 듯했다. 태무랑의 몸에서 영롱한 오색 기체가 피어오르고 또 그것들이 벽교상의 체내로 주입되면서 치료하는 과정은 차라리 아름답기까지 했었다.

태무랑은 다른 사람의 상처를 치료할 때에는 그다지 어렵지 않게, 그리고 주로 토기를 이용했었다.

그런데 비한과 벽교상의 치료에는 오행지기를 골고루 다 사용해야 했고 또 기진맥진할 정도로 몹시 힘들었지만 그 이유는 그도 모른다.

비한과 벽교상의 몸이 오행지기를 다 필요로 하기 때문이고, 그래서인지 치료가 끝나고 나면 그의 몸은 물 먹은 솜처럼 늘어져 버린다.

"후우……."

태무랑은 긴 한숨을 토해내며 벽교상을 똑바로 눕히고 자신은 그 옆에 가부좌로 앉아서 운공조식을 시작했다. 급격하게 소모된 오행지기를 회복하려는 것이다.

운공조식을 끝내고 나자 옆에서 지키고 있던 봉화일선이 조심스럽게 말했다.

"다른 분들은 피곤하신지 모두 주무시고 계세요. 대인께서도 좀 쉬도록 하세요."

그러면서 그녀는 곤히 잠들어 있는 벽교상을 바라보았다. 그녀의 말인즉 태무랑더러 벽교상 옆에서 잠시 눈을 붙이고 쉬라는 뜻인 것 같다.

태무랑은 고개를 끄덕이고는 벽교상 옆에 누웠다. 비한과 소천군 등이 모두 잔다는 말을 듣자 그도 갑자기 피곤이 몰려들었다.

봉화일선은 그 모습을 보고 배시시 미소를 짓더니 조용히 방을 나갔다.

태무랑이 잠이 들려고 할 때 문밖에서 은지화의 목소리가 들렸다.

"오라버니 안에 계신가요?"

"아직 치료 중이에요."

그렇게 대답한 사람은 봉화일선이었다.

"무슨 치료를 그렇게 오래하죠?"

"들어가면 안 돼요."

"왜요?"

"자칫하면 대인께서 주화입마에 들 수 있어요."

이후 은지화의 목소리는 들리지 않았다. 그리고 봉화일선
의 목소리가 뒤를 이었다.

"치료가 끝나면 알려 드릴게요."

그녀의 목소리는 득의함에 젖어 있었고, 끝내 은지화에게
치료가 끝났음을 알려주지 않았다.

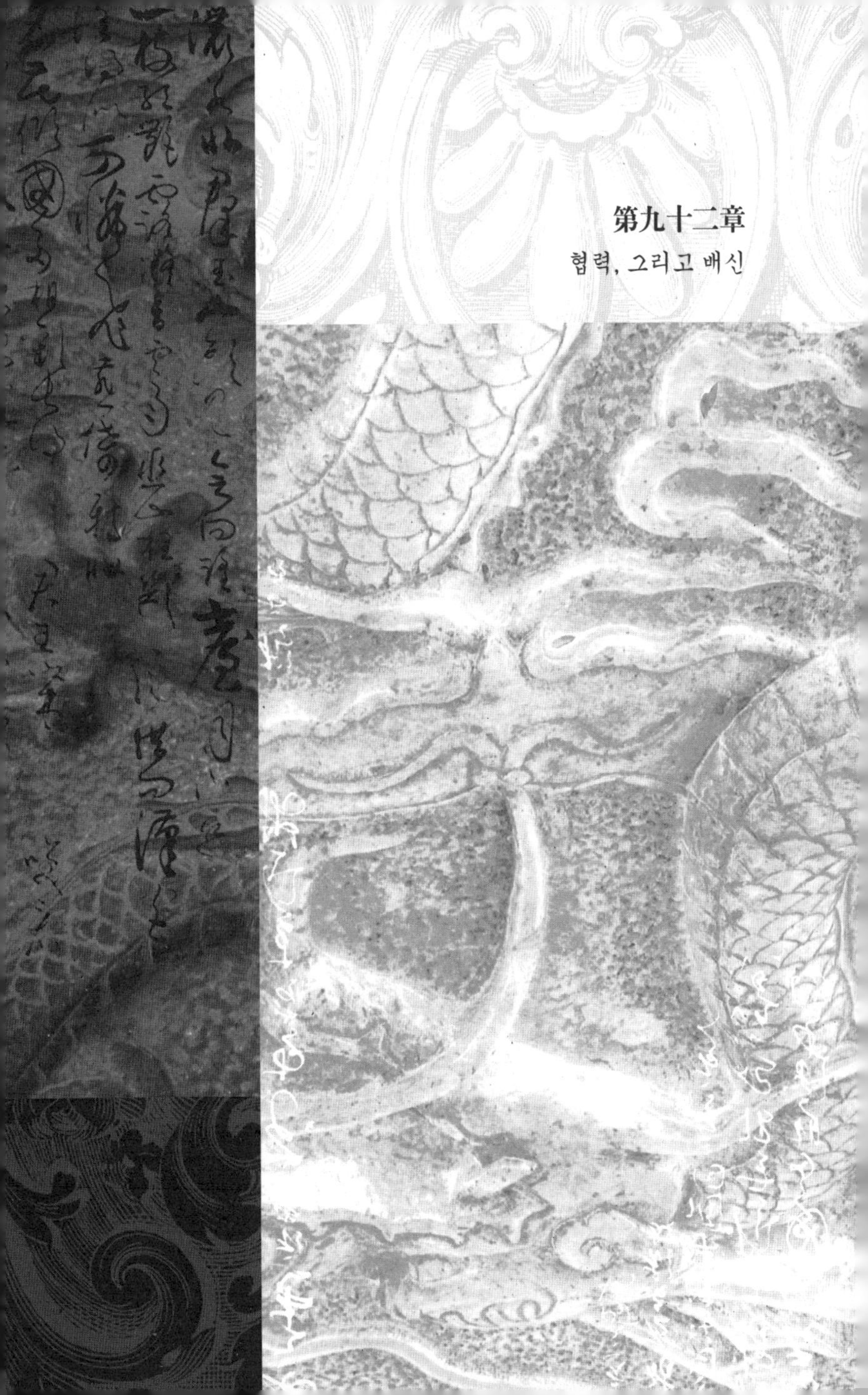

第九十二章

협력, 그리고 배신

태무랑은 너무도 곤한 잠에 빠졌다.

남경을 출발한 이후 이틀 한나절 동안 잠시도 쉰 적이 없었다는 것도 그가 피곤한 이유겠지만, 벽교상을 치료하느라 생각 이상의 오행지기를 소비한 것이 더 큰 원인이었다.

그런데 잠이 든 지 한 시진쯤 지났을 때 그는 이상한 느낌 때문에 잠에서 깼다.

하지만 눈을 뜨지는 않았다. 그 이상한 느낌이 무엇 때문인지 짐작하기 때문이다.

벽교상이 그에게 찰싹 달라붙어서 몸을 만지작거리고 있

는 것이 분명했다.

아니, 좀 더 정확히 말하면 그녀는 태무랑의 괴춤 속으로 손을 집어넣어 그의 음경을 조물락거리고 있었다. 그 때문에 음경이 발기했고, 그 느낌 때문에 그가 잠에서 깨어난 것이었다.

예전 같았으면 태무랑은 그녀의 손을 뿌리치고 벌떡 일어나 그녀를 혼내주고 방을 나가 버렸을 것이다.

하지만 지금은 그런 마음이 조금도 들지 않고, 오히려 그런 행동을 하는 그녀가 귀엽고 사랑스러웠다.

그녀가 태무랑에게 보여준 눈물겨운 희생과 진심을 알게 됐고, 그녀의 사랑이 어느 정도인지 뼛속 깊이 절절하게 느꼈기 때문이다.

벽교상은 이제 완전한 태무랑의 여자다. 소중함의 무게를 수월화와 비교한다고 해도 전혀 달리지 않을 것이다.

그래서 태무랑은 벽교상의 애무가 귀찮기는커녕 오히려 기분이 좋았다.

반쯤 잠이 든 상태에서의 은근한 욕정은 그를 혼곤한 행복 속으로 몰아넣었다.

그때 벽교상의 머리가 이불 속으로 쏙 들어가는가 싶더니 태무랑은 곧 어떤 뜨거움을 음경에서 느꼈다. 그리고는 음경이 더할 수 없이 단단해졌다.

잠시 후에 벽교상은 태무랑 몸 위에 올라와 엎드리더니 그

의 귀에 대고 새근새근 뜨거운 입김을 토해내며 달콤하게 속
삭였다.

"낭랑은 그냥 주무세요. 소녀가 다 알아서 할게요. 하지만
틀림없이 기분이 좋아지실 거예요."

그녀는 이불 속에서 부스럭거리면서 태무랑의 바지를 벗
기고는 자신의 치마를 허리까지 걷어 올렸다.

그리고 태무랑은 자신이 벽교상의 은밀한 곳 안으로 깊숙
이 들어가는 것을 느꼈다.

"하아……"

벽교상은 그의 몸에 엎드린 채 둔부를 꿈틀거리면서 달뜬
신음을 계속 토해냈다.

과연 그녀의 말이 맞았다. 태무랑은 반쯤 잠든 상태에서 기
분이 매우 좋아졌다.

실내에는 태무랑과 벽교상, 비한, 은지화, 소천군 등이 모
여 있고, 봉화일선과 이선이 태무랑과 벽교상 뒤에 호위하듯
서 있었다.

지금 이들은 현도왕가에서 인질들을 구출하고 현도왕을
암살할 계획을 짜고 있는 중이다.

벽교상은 조금 전 침상에서 한 마리 영활한 뱀처럼 태무랑
에게 달라붙어서 꿈틀거리더니, 지금은 그의 곁에 다소곳이

앉아서 현숙한 소녀의 모습을 보여주고 있었다. 하지만 그녀의 입가에는 행복한 미소가 어려 있었고, 누구라도 그것을 알아볼 수 있었다.

은지화는 태무랑 왼쪽에 앉아 있으며 벽교상처럼 다소곳한 자세를 유지하고 있지만, 누가 보더라도 그녀와 벽교상은 큰 차이가 났다.

말로 설명하지 않아도, 벽교상에게서는 가진 자의 행복함과 득의함이 묻어난다는 것과 은지화에게서는 갖지 못한 자의 초조함과 안타까움이 물씬 풍긴다는 것을 알 수 있었다.

지금 비한과 소천군이 주로 말을 하면서 현도왕가 습격에 대한 계획을 설명하고 있는 중이다. 그리고 태무랑은 묵묵히 듣기만 했다.

비한과 소천군의 대화는 현도왕가에 잠입하여 쥐도 새도 모르게 인질들을 구출하는 것에 초점이 맞춰졌다.

인질 구출이 우선이고, 그것이 성공해야만 현도왕 암살을 진행할 수 있다는 식의 얘기다.

하지만 문제는 발각되지 않아야 한다는 것이다. 발각되면 그 순간 모든 것이 수포로 돌아가고 말기 때문이다.

소천군은 현도왕가를 한 번 보고는 철옹성이라고 간파했고, 비한은 그곳에 황궁 고수 오백여 명과 천여 명의 무림고수들이 상주하고 있다고 했다.

　말하자면 현도왕가는 철옹성에다 비조불입(飛鳥不入)의 용담호혈이라는 뜻이다.

　"낭랑."

　비한과 소천군이 어떻게 들키지 않고 원활하게 잠입할 것인가를 논의하다가 잠시 침묵을 지키자, 벽교상이 태무랑을 보며 고혹적인 목소리로 말했다.

　은지화는 '낭랑'이라는 호칭에 발끈해서 표독하게 그녀를 쏘아보았다.

　하지만 벽교상은 그녀를 본 체도 하지 않고 정이 듬뿍 담긴 눈빛으로 태무랑을 응시하며 말을 이었다.

　"전면전밖에 없을 것 같아요."

　"전면전?"

　"네. 철화군단 팔백여 명으로 현도왕가를 휩쓸어 버리는 거예요. 그래서 한바탕 싸움이 벌어지는 혼란을 틈타서 인질을 구출하고 현도왕을 죽이도록 해요."

　차분하게 말하는 그녀의 방법은 일견 무지막지한 것 같지만 곰곰이 생각해 보면 다분히 가능성이 있다.

　태무랑 등 소수가 현도왕가에 잠입을 했다가 발각되는 날이면 철옹성 안에 갇혀서 꼼짝달싹도 못하는 처지가 돼버리고 말 것이다.

　하지만 철화군단이 전면 공격을 하고 그 외중에 인질 구출과 현도왕 암살을 실행한다면 성공 가능성이 충분하다.

다만 철화군단의 희생이 막대할 것이다. 잘해야 그들 중에 절반을 잃을 것이고, 잘못하면 전부를 희생시킬 수도 있다. 그런 예측이 모두의 마음을 어둡게 했다. 특히 태무랑은 절대 그럴 수 없다는 마음이다.

"안 된다."

태무랑은 일언지하에 거절했다. 수월화와 무령왕을 구하고, 현도왕을 암살하는 대가로는 너무 큰 희생이 따르기 때문이다. 그것은 죽을 때까지 태무랑의 마음을 어둡게 할 것이 분명하다.

"하지만 그 방법밖에 없어요."

어떻게든 태무랑을 돕고 싶은 벽교상은 안타까운 표정으로 그를 바라보며 설득하려고 애썼다.

"일거에 급습을 가한다면 철화군단의 희생을 최소화할 수 있어요."

과연 급습은 큰 실효를 거둘 것이다. 하지만 철화군단의 희생이 어느 정도 줄어들 뿐이지 그들의 희생을 효율적으로 방지할 수는 없다.

그때 태무랑과 비한이 동시에 어떤 생각을 떠올렸다.

"방법이 전혀 없지는 않다."

"어쩌면 무슨 수가 생길 것 같네."

두 사람은 서로의 얼굴을 마주 쳐다보고 나서 태무랑이 먼저 말했다.

"개방 총타가 북경에 있는 것으로 알고 있네. 나는 개방방주를 만나서 도움을 청해볼 생각이야."

그는 신풍개로부터 개방방주 괴노협(怪老俠)이 고금에 드문 협객이며 정의로운 인물이라는 말을 수없이 들었었다.

만약 괴노협이 정말로 그런 인물이라면 화명군의 만행과 현도왕의 반역을 결코 좌시하지는 않을 것이라는 게 태무랑의 생각이다.

소천군이 고개를 크게 끄덕였다.

"개방이 협조한다면 큰 힘이 될 게야. 개방 북경총타에는 적어도 오백에 이르는 개방제자들이 우글거리고 있을 테니까 말이야."

태무랑은 진중하게 말했다.

"할아버님, 괴노협을 만나러 같이 가시지 않겠습니까?"

태무랑 혼자 가는 것보다 천하제일인 소천군과 함께 가면 설득이 더 잘 먹힐 것이라는 뜻이다.

소천군은 선선히 고개를 끄덕였다.

"그러마."

그러자 벽교상이 미소를 지으며 거들었다.

"소녀도 함께 가면 조금쯤은 도움이 될 것 같군요."

　아무런 힘도 능력도 없는 은지화는 새초롬한 표정으로 입술을 삐죽거리며 벽교상을 흘겨보았다.

　이어서 모두의 시선이 비한에게 집중되었다.

　"저는 몇 사람을 만나볼까 합니다."

　비한은 소천군을 보며 공손히 말했다.

　"우선 구문제독을 만날 생각입니다. 그는 무령왕 전하와 막역한 사이니까 어쩌면 도움을 줄지도 모릅니다."

　무령왕과 구문제독은 서로 호형호제하는 사이다. 그래서 수월화와 구문제독의 아들이 혼담이 오갔던 것이다.

　"좋은 생각이다."

　만약 구문제독을 설득할 수만 있다면 남경으로 보낸 이십만 토벌대를 회군(回軍)시킬 수 있을뿐더러 그의 휘하의 군사들을 현도왕가에 동원할 수도 있게 된다.

　비한은 거기에서 그치지 않았다.

　"그리고 황궁의 동창과 서창제독, 그리고 승상(丞相)과 몇몇 중신들을 만나볼 생각입니다."

　태무랑은 반색했다.

　"그게 잘되면 현도왕은 사면초가에 처할 게야."

　하지만 소천군은 진중한 표정을 지었다.

　"그러나 만약 그들 중에 누군가 너에게 동조하지 않는다면 어쩔 테냐?"

비한은 거기까지 생각했으므로 굳은 표정으로 자신의 의
견을 밝혔다.

"그렇다면 죽일 수밖에 없습니다."

비한의 말을 듣고 동조하지 않는 사람은 필경 그 사실을 현
도왕에게 알릴 것이기 때문이다.

하지만 위험천만한 일이다. 구문제독과 동창, 서창의 제독,
그리고 승상과 몇몇 중신들을 모두 설득하여 협조를 얻어내
는 것도 어려운 일이지만 협조하지 않는 자들을 죽이는 것은
더욱 어려운 일이다.

은지화가 새로운 문젯거리를 짚어냈다.

"만약 겉으로는 협조한다고 해놓고는 뒤로 배신하면 어떻
게 하죠?"

비한의 얼굴이 착잡하게 변했다. 그도 거기까지는 미처 생
각하지 못했던 것이다.

잠시 침묵이 흘렀다. 답답하고 무거운 침묵이다. 그 속에
서 모두들 해결책을 찾느라 부심했다.

"한."

이윽고 태무랑이 조용히 말문을 열었다.

"자네 생각에 가장 확실한 사람 한 명만 선택하게."

"그러면 되겠군요?"

벽교상이 손뼉을 치며 기쁜 표정을 짓자, 막 손뼉을 치려던

은지화가 멈칫하고는 그녀를 하얗게 쏘아보았다.

과연 태무랑의 방법은 지금으로서 가장 최선이다. 열 명의 조력자를 얻는 대신 한 명의 배신자가 생기느니, 차라리 한 명의 완벽한 조력자를 얻자는 얘기다.

한동안 깊은 생각에 잠겼던 비한이 이윽고 고개를 들고 한 사람을 입에 올렸다.

"구문제독으로 하겠네."

*   *   *

북경은 자금성이 속해 있는 내성(內城)과 그 외의 외성(外城)으로 이루어져 있다.

내성 남쪽에 위치한 외성의 동쪽 중앙부에는 천단(天壇)이 위치해 있다.

그 오른쪽, 즉 동쪽 끝자락 성벽 근처에 십여 개의 크고 작은 호수들이 산재해 있다.

개방은 그곳 최남단 호숫가의 삼의묘(三義廟)를 북경총타로 사용하고 있다.

늦은 저녁식사를 하기 전인 괴노협은 삼의묘 깊숙한 곳의 자신의 거처에서 하나뿐인 제자 신풍개에게 보낼 서찰을 적고 있는 중이다.

"방주, 손님들께서 찾아오셨습니다."

그때 괴노협의 오랜 심복인 북경총타주 궁천(穹天)이 조심스럽게 들어와서 보고했다.

괴노협은 둥글 넙적한 얼굴 아래쪽에 붙어 있는 몇 가닥 남은 수염을 쓰다듬으며 서찰에서 얼굴을 들었다.

"누구시더냐?"

"말을 하지 않아서 모르겠습니다만… 대단한 분들인 것 같습니다."

괴노협은 실소를 흘렸다.

"네 느낌에 말이렷다?"

"네. 제자의 느낌에……."

"안으로 모셔라."

궁천이 나갔다가 잠시 후에 돌아왔는데 그의 뒤를 세 사람이 따르고 있었다.

괴노협은 낡은 나무의자에 앉아서 신풍개에게 보낼 서찰을 쓰고 있었다. 손님이 들어오더라도 서찰은 마저 쓸 생각이었다. 찾아온 손님이 누군지는 모르지만 그 정도는 해도 된다고 생각했다.

괴노협은 한 문장을 끝내고 고개를 들다가 무심코 궁천 뒤쪽을 힐끗 쳐다보았다.

흐릿한 유등 불빛에 한 사람의 모습이 반사되어 일렁이고 있었다.

"아……."

순간 괴노협의 입에서 묘한 탄성이 흘러나왔다. 그리고 그는 주춤주춤 그 사람을 향해 이끌리듯 다가갔다.

그는 궁천을 옆으로 밀치고 그 사람 앞으로 다가가며 벌린 입을 더 크게 벌리고 눈도 화등잔처럼 크게 뜨며 놀라움, 아니, 경악지색을 떠올렸다.

"오… 설마……."

그 사람, 소천군이 빙그레 미소 지었다.

"오랜만이군, 대풍(大風)."

대풍은 괴노협의 이름이다. 그리고 무림에서 그의 이름을 아무렇지도 않게 부를 수 있는 사람은 그리 흔치 않다. 그리고 소천군은 그 흔치 않은 사람들 중에서도 단연 첫손가락에 꼽힌다.

"아이고… 선배님!"

순간 괴노협은 그 자리에 털썩 무릎을 꿇더니 소천군을 향해 큰절을 올렸다.

"후배 대풍이 선배님을 뵈옵니다."

"허허. 일어나게."

소천군은 단지 빙그레 미소 지을 뿐인데 엎드려 있던 괴노협의 몸이 둥실 떠오르더니 저절로 몸이 펴지면서 두 발이 사뿐히 바닥에 닿았다. 소천군이 허공섭물의 수법을 발휘한 것이다.

괴노협은 송구스러워서 어쩔 줄을 모르면서 연신 허리를 굽신거렸다. 그러면서도 죽은 조상이 살아서 돌아온 것보다 더 반가워했다.

"아아… 선배님, 이게 도대체 얼마 만입니까?"

"허허. 이십여 년쯤 됐지?"

"그렇군요. 아… 벌써 세월이……."

괴노협은 소천군 얼굴에서 눈을 떼지 못하며 이리저리 살펴보았다.

"선배님께선 조금도 변하지 않으셨군요. 장가를 한 번 더 가셔도 되겠습니다."

"에끼!"

괴노협이 천하에서 가장 존경하는 사람이 한 명 있는데 바로 소천군이다. 또한 괴노협이 가장 닮고 싶은 사람이 한 명 있는데 그 역시 소천군이다.

소천군 뒤에 나란히 서 있는 태무랑과 벽교상은 흐뭇한 미소를 짓고 있었다.

그들은 소천군과 괴노협이 이렇게 친한 사이일 줄은 꿈에도 몰랐다. 그렇다면 아예 소천군 혼자 괴노협을 만나러 왔어도 될 뻔했다.

“어서… 이리 좌정하십시오. 선배님.”

괴노협은 소천군을 조금 전에 자신이 앉았던 하나뿐인 낡은 의자로 인도했다.

그는 소천군의 출현에 정신이 다 달아난 상태라서 뒤에 서 있는 태무랑과 벽교상에게는 눈길 한 번 주지 않았다.

“후배가 오늘 밤에 선배님을 근사한 곳으로 모시겠습니다. 우리 이십여 년 전처럼 흐벅지게 한 번 마셔봅시다.”

“허허. 이 사람아, 그보다 먼저 소개해 줄 사람이 있네.”

“소개는 무슨 얼어죽을. 후배는 그저 선배님만 계시면 됩니다. 허허허.”

그러면서 괴노협은 소천군 뒤에 서 있는 두 사람을 힐끗 쳐다보다가 뚝 동작이 멈추었다.

그의 시선이 멈춘 곳은 빙그레 미소 짓고 있는 태무랑의 얼굴이었다.

“너…….”

그는 귀신을 본 듯 놀란 표정으로 엉거주춤 일어서더니 소천군을 옆으로 밀치며 태무랑에게 바짝 다가섰다. 방금 전까지만 해도 선배님만 있으면 된다는 등 운운하더니 이제는 필요없다는 듯 밀쳐 버리는 것이다.

그는 두 손을 뻗더니 태무랑의 양 어깨를 덥석 잡으며 큰소리로 외쳤다.

"너 무랑이 아니냐?"

마치 집 나갔던 아들을 반갑게 맞이하는 듯한 표정이고 말투였다.

"그렇습니다, 백부님."

태무랑도 넉살좋게 그를 '백부'라고 불렀다. 신풍개와 둘도 없는 친구니까 그렇게 부른 것이다.

신풍개는 태무랑을 처음 만났을 때부터 지금까지 거의 하루에 한 통씩 괴노협에게 서찰을 보냈었다.

내용은 하나같이 태무랑에 대한 자랑 일색이었다. 그가 얼마나 잘생겼는지, 그리고 얼마나 멋진 놈이며, 천하절색의 여자들과 사랑 놀음이 어떻다든지 시시콜콜한 얘기까지도 장황하게 써서 보냈기 때문에 괴노협은 북경총타에 가만히 앉아서도 태무랑에 대해서는 손금을 보듯이 훤하게 알고 있었다.

신풍개의 서찰이 얼마나 자세했는지 괴노협은 태무랑을 한 번 보고 그가 누군지 즉시 알아보았다.

탁탁탁!

"어이구! 우리 무랑이가 왔구나! 이게 대체 무슨 일이냐? 네가 노개를 만나러 오다니. 헛헛헛!"

괴노협은 태무랑을 얼싸안고 궁둥이를 두드리면서 기뻐서 죽겠다는 듯 어쩔 줄을 몰랐다.

그의 환대에 태무랑은 흡사 가족을 만난 듯한 흐뭇한 기분이 들었다.

그때 태무랑 옆에 다소곳이 서 있던 벽교상이 괴노협을 보며 붉은 입술을 나풀거렸다.

"망팔(忘八). 여기도 좀 보시죠?"

"에… 엥?"

태무랑을 얼싸안고 있던 괴노협은 난데없는 호칭에 갑자기 화들짝 놀라서 태무랑에게서 떨어지며 비명 같은 이상한 소리를 질렀다.

'망팔'이란 여덟 가지 덕목(德目)을 잃어버렸다는 뜻에서 무뢰한(無賴漢)을 일컫는 말이다.

그런데 그것은 과거에 누군가 괴노협을 부르던 호칭이었다. 망팔이라고 불렸을 때 괴노협의 나이는 서른 살도 되지 않은 팔팔한 청춘이었다.

그리고 그를 망팔이라고 부른 사람은 단 한 명뿐인데, 그 당시 천하제일미라는 칭송을 들었었다.

"어… 어떻게 내가 망팔이라는 것을……."

그는 어벙한 표정으로 벽교상을 쳐다보다가 움찔 몸이 굳더니 다음 순간 기겁해서 뒤로 풀쩍 물러나다가 바닥에 엉덩방아를 찧었다.

"으악!"

그는 흡사 귀신을 본 듯한 표정으로 벽교상을 올려다보면서 헛소리처럼 중얼거렸다.

"나… 난 매(蘭妹)……."

벽교상은 팔짱을 끼고 차갑게 코웃음을 쳤다.

"흥! 터진 입이라고 함부로 날 난 매라고 부르다니, 어서 스스로 벌을 내리지 못하겠느냐?"

"……."

괴노협은 넋 나간 얼굴로 벽교상을 멀뚱하게 쳐다보다가 갑자기 주먹을 들어서 자신의 입을 마구 때리면서 욕을 퍼붓기 시작했다.

"이놈! 감히 함부로 주둥이를 놀리다니, 맞아라! 맞아!"

"아유! 그만해요! 대풍야(大風爺)!"

벽교상은 깜짝 놀라서 몸을 날려 괴노협을 얼싸안으면서 그의 팔을 붙잡았다.

"대풍야……?"

괴노협은 멍한 얼굴로 벽교상을 쳐다보며 중얼거렸다.

벽교상은 방그레 아름답게 미소 지었다.

"소녀 상아예요. 벽교상."

"에엥?"

괴노협은 눈을 휘둥그렇게 뜨며 놀라더니 벽교상의 얼굴을 빤히 들여다보며 감탄을 금치 못했다.

"서너 살 땐가 널 한 번 봤었는데 어떻게 네 할머니 벽묘란(碧妙蘭)을 그대로 빼다 박았느냐? 나는 네가 난 매인 줄 알았단다."

옛날 괴노협이 젊은 청년이었을 때 천하제일미였던 벽묘란을 죽자 사자 따라다녔었는데, '망팔'이라는 별명도 그 당시에 벽묘란에게 얻은 것이었다.

태무랑 등은 괴노협의 안내로 정말 근사한 곳에서 거하게 술판을 벌였다.

개방 북경총타로 사용하고 있는 삼의묘 옆에는 네 개의 고만고만한 아담한 호수들이 세로로 연결되어 있는데 그중 아래쪽 두 개의 호수 사이에 한 채의 정자가 있으며, 술판은 그곳에서 벌어졌다.

말이 좋아 정자지, 사실은 몇 개의 바위들을 기둥 삼아서 걸쳐놓은 넓은 널빤지 위에 얼기설기 이엉을 얹어서 지붕을 댄 원두막 같은 수준이다.

더구나 술은 독하디독한 북경산 백주(白酒)에 안주는 구운 오리 한 가지뿐이다. 하지만 술자리의 분위기는 더없이 화기애애했다.

몇 순배의 술잔이 돌고 나서 태무랑이 본론을 꺼내 설명을 하자 시종 심각하게 듣고 난 괴노협이 일언지하에 잘라서 대답했다.

"무조건 돕겠다."

＊　　　　＊　　　　＊

비한은 가벼운 발걸음으로 구문제독부를 나섰다.

구문제독 신도평(申渡平)과 대화가 잘되어 그의 전폭적인 지지를 약속받았기 때문이다.

개방 북경총타에 간 태무랑 등의 일이 어찌 됐는지 궁금하지만, 일단 구문제독의 협조를 얻어냈으므로 절반은 성공한 셈이다.

만약 개방방주까지 협조한다면 현도왕가를 공격하는 것은 성공한 것이나 다름없는 일이다.

시간은 해시(밤 10시)가 조금 넘고 있었다. 비한은 아직도 행인들로 붐비고 있는 대로를 따라서 걸어가는데 걸음이 점점 빨라졌다. 이 기쁜 소식을 한시바삐 모두에게 알리고 싶기 때문이다.

[멈추지 말고 계속 걸으면서 들어요.]

그런데 그때 비한의 귀에 한 줄기 전음이 들려왔다. 하지만 그는 표정이 약간 변했을 뿐 계속 걸어갔다.

[저는 봉화십선의 오선이에요. 지금 당신 뒤에 미행이 붙어 있어요. 구문제독부에서 나온 자에요.]

“…….”

순간 비한은 발밑이 푹 꺼지는 듯한 느낌을 받았다. 구문제독부에서 나온 자가 미행을 하고 있다면 당연히 구문제독의 명령을 받았을 것이기 때문이다.

그의 머릿속이 복잡해지고 있는데 암중에서 봉화오선의 전음이 계속 이어졌다.

[동료의 말에 의하면 구문제독부에서 한 필의 인마(人馬)가 나왔는데 현도왕가로 가고 있다는군요.]

벽교상의 심복인 봉화오선이 거짓말을 할 리가 없다. 그렇다면 구문제독이 비한을 미행시키고 또 현도왕에게 이 사실을 알리려는 것은 움직일 수 없는 현실이다.

만약 봉화오선이 알려주지 않았다면 비한은 아무것도 모르는 채 천추의 한을 남길 뻔했다.

봉화십선은 임의로 행동하지 않으며 오직 벽교상의 명령에만 움직인다.

그렇다면 봉화오선 등이 비한을 지켜보고 있었던 것 역시 벽교상의 명령이었을 것이다.

하지만 비한은 조금도 불쾌하지 않았다. 아니, 오히려 벽교상에게 큰 은혜를 받은 기분이다.

[어떻게 할까요?]

봉화오선의 물음에 비한은 대로 한가운데에서 걸음을 뚝

멈추었다.

스으…….

다음 순간 비한의 맞은편에서 걸어오는 한 명의 행인이 막 지나가자마자 그 뒤에 있던 한 아리따운 여인이 소리없이 그의 앞에 나타나더니 똑바로 걸어왔다. 비한은 그녀가 봉화오선일 것이라고 직감했다.

그는 굳은 표정으로 그녀를 주시했다.

[그대들이 미행자와 현도왕가로 가는 자를 제거할 수 있겠소?]

봉화오선은 보일 듯 말 듯 고개를 끄덕였다.

그녀가 막 비한을 스쳐 지나려고 할 때 그가 갑자기 몸을 돌려 그녀와 나란히 걸어가기 시작했다.

봉화오선은 힐끗 그를 쳐다보며 의아한 표정을 지었다.

[뭘 하려는 거죠?]

비한은 짧게 대꾸했다.

[구문제독을 죽이겠소.]

척!

비한은 탁자 위에 보자기에 싼 하나의 상자를 내려놓고 그 옆에 자신의 창을 꺼내 나란히 놓았다.

이곳은 사방이 막힌 한 칸의 밀실이다. 밀실 한가운데에는 탁자가 하나 놓여 있을 뿐 아무것도 없다.

그리고 탁자 이쪽에는 비한이 앉았고, 맞은편에는 마르고 강퍅한 인상의 사내와 중후하며 강직한 풍채의 사내 한 명이 나란히 앉아 있다.

슥—

비한은 묵묵히 보자기를 풀고 상자의 뚜껑을 열더니 그 안의 물체를 꺼내 들었다.

"헛?"

"음?"

나타난 물체를 본 두 사내는 가볍게 신음을 토하면서 얼굴이 놀라움으로 물들었다.

비한이 상자 안에서 꺼낸 것은 사람의 수급이었다. 수급의 잘라진 목에서 뜨거운 피가 뚝뚝 떨어지고 있는 것으로 미루어 자른 지 얼마 되지 않은 듯했다.

두 사내, 즉 동창과 서창의 제독이 놀라는 이유는 수급이 바로 구문제독의 것이기 때문이다.

동창과 서창의 제독은 놀라움으로 물든 얼굴로 수급과 비한을 번갈아 쳐다보았다.

이윽고 잠시 후에 동창제독이 신음을 하듯 입을 열었다.

"좌장군, 이건 무슨 뜻이오?"

"잠시 내 얘기를 들어보시오."

비한은 돌처럼 굳은 얼굴로 무령왕과 현도왕, 그리고 화명군과 태무랑에 얽힌 이야기를 자세히 설명했다.

설명을 듣고 있는 동안 동창과 서창제독의 얼굴이 수시로 변했다.

때로는 경악하고 때로는 우울하며, 또 때로는 착잡한 표정을 짓기도 했다.

긴 설명을 끝낸 비한은 구문제독의 수급을 내려놓고 오른손으로 탁자의 창을 힘껏 움켜잡았다. 그것은 그가 태무랑과 함께 무령왕의 개인 무기고에서 고른 창이다.

동창과 서창제독을 주시하는 그의 얼굴이 비장함으로 물들어 번들거렸다.

"내 제안은 무령왕 전하를 위함이 아니라 대명제국을 구하자는 것이오. 자, 말씀해 보시오. 당신들은 내게 협조하겠소?"

서창제독이 눈살을 찌푸리면서 비한이 움켜잡고 있는 창을 쳐다보았다.

"거절하면 우리를 죽일 생각이오?"

비한은 고개를 끄덕였다.

"죽이지는 못하겠지만 죽이려고 시도할 것이오."

그 말은 곧 그가 이곳에서 싸우다가 죽겠다는 뜻이다.

동창과 서창의 제독은 서로의 얼굴을 힐끗 쳐다보았다. 두 사람이 앙숙이라는 것은 황궁 사람이면 누구나 다 알고 있는 사실이다.

이윽고 동창제독이 나직이 중얼거렸다.

"나는 원래 현도왕이 마음에 들지 않았소."

그러자 서창제독이 동창제독을 쏘아보며 으르렁거렸다.

"그 말은 내가 먼저 하려던 것이오."

"누가 먼저 하면 어떻다는 게요?"

"양보하시오."

"못하겠소."

비한은 동창과 서창의 제독들이 인상을 쓰면서 으르렁거리는 것을 보며 속으로 가슴을 쓸어 내렸다.

그는 정말로 죽을 결심을 했었다.

『무적군림』 9권에 계속…

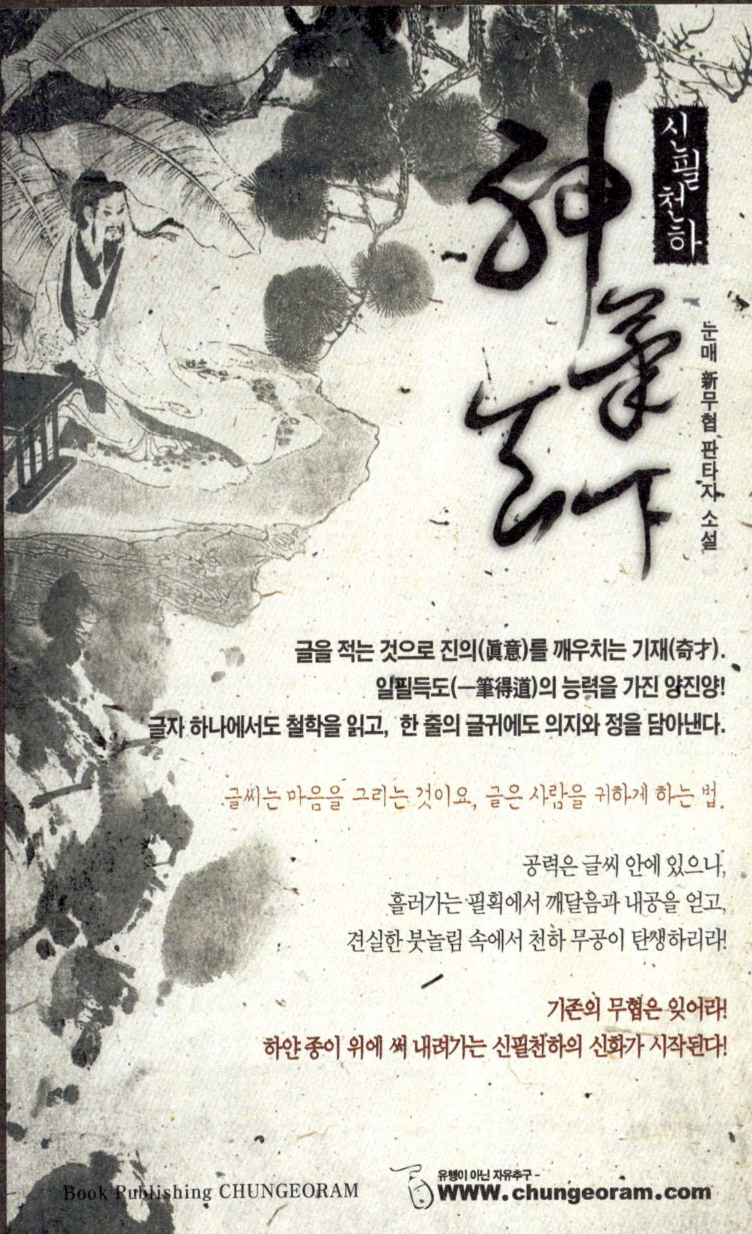
신필천하

神筆天下

눈매 新무협 판타지 소설

글을 적는 것으로 진의(眞意)를 깨우치는 기재(奇才).
일필득도(一筆得道)의 능력을 가진 양진양!
글자 하나에서도 철학을 읽고, 한 줄의 글귀에도 의지와 정을 담아낸다.

글씨는 마음을 그리는 것이요, 글은 사람을 귀하게 하는 법.

공력은 글씨 안에 있으니,
흘러가는 필획에서 깨달음과 내공을 얻고,
견실한 붓놀림 속에서 천하 무공이 탄생하리라!

기존의 무협은 잊어라!
하얀 종이 위에 써 내려가는 신필천하의 신화가 시작된다!

Book Publishing CHUNGEORAM

유행이 아닌 자유추구 -
WWW. chungeoram.com